Emma

Kietz

ISBN: 978-1-77605-703-0

Bladuitleg en setwerk: Janet von Kleist-Klein
Proefleser: Alta Viljoen

www.kwartspublishers.co.za

ANDER BOEKE DEUR KIETZ

Nag van die tromme
Rabbedoe en die rugbykaptein
Wanneer die Yskoningin smelt
Sodom en Gemorra
Adonis en die Gim-instruktrise
Gety van die liefde
Maanlig Lullaby
Liefde met die eerste oogopslag
Adonis en die Gim-instruktrise
Kans op geluk
'n Vul vir Amanda

Hoofstuk 1

"Otoggie, wat maak ek hier?" fluister Emma terwyl sy aan Madelein se arm vasklou.

Madelein, effens langer en sterkter gebou as Emma, druk haar met gemak terug op haar sitplek. "Jy's hier want dis waar jy wil wees, Emma. Als is reg. Ek kom maak later weer 'n draai maar nou moet ek eers my werk gaan doen."

Madelein draai om en stap weg. Emma vee haar natgeswete hande aan haar langbroek af. Sy hoor Madelein se stem oor die interkom. "Dames en Here, baie welkom aan boord van die SAL. Ons wens u almal 'n voorspoedige vlug toe van OR Tambo na Kaapstad."

Die res van die rympie gaan oor Emma se kop. Sy sit vooroor gebuig met haar gesig in haar hande en prewel: "*Ouma, ek is jammer. Ek weet ek moenie op hierdie vliegtuig wees nie.*"

Die Boeing kom in beweging en Emma se arms maal deur die lug soos 'n wafferse windpomp. Haar hande kry genadiglik plek om aan vas te klou. Van die kwaai kyk van buurman weet sy niks en sy woorde bereik ook nie haar toegeslane ore nie. "Juffrou, ek sal graag met jou ouma plekke ruil. Sê net vir my waar sy sit."

Die Boeing kom tot stilstand om sy beurt af te wag voor dit opstyg en Emma se greep verslap effens, maar net tot die vliegtuig weer in beweging kom en sy neus lig. Emma klou weer vas aan haar vorige anker en druk haar voorkop teen buurman se bo-arm terwyl sy kliphard uitroep: "*Vadertjie, vergewe my asseblief my ongehoorsaamheid. Vergewe sommer almal op die vliegtuig s'n ook.*"

Die vliegtuig is al 'n ruk in die lug toe Emma bewus word van iets wat teen haar kop tik. Sy luister verbaas na die diep stem: "Hallo, kan jy my hoor?"

Sy knyp haar oë nog stywer toe. "Jesus, is dit U?"

"Dame, kyk na my!" Daar is gesag in die stem en sy dwing haar oë oop. 'n paar kwaai, donkerbruin oë hier digby hare krap haar gedagtes deurmekaar. "Genade vroumens, wat gaan aan met jou?"

Geskok kom sy agter dat sy aan die man se arm vasklou en los verleë. "Ek is jammer, Meneer. Ek het vir 'n oomblik gedink ek staan by die poorte van die hem . . . toemaar . . ." Sy voel hoe haar wange gloei.

'n Proesgeluid dwing haar oë terug na hom en die spot in sy oë maak haar wrewelrig. Sy draai vererg haar rug op hom en haar aandag word vinnig opgeraap deur die ander passasiers wat lyk asof hulle moederaarde nooit verlaat het nie. Dis veral die kinders wat vrolik lag en gesels wat haar fassineer. Sy trek ingedagte aan een van haar krulle toe buurman se diep stem in haar ore vibreer en dis net haar goeie manière wat haar halfhartig na hom laat terugdraai. "Waar sit jou ouma? Ek sal graag met haar plekke ruil."

Emma frons. "Waarvan praat jy?" Sy probeer die irritasie uit haar stem hou maar sy weet sy slaag nie daarin nie.

"Van jou ouma. Jy roep kort, kort na haar."

Emma besef dadelik dat sy weer hardop met haar ouma gepraat het. Dit is iets waaroor haar vriende haar baie spot. Haar goeie sin vir humor kry die oorhand. "Is jy seker jy wil met haar plekke ruil?"

"O beslis, ek kan sien jy het haar nodig. Dis glad nie dat ek nie langs jou wil sit nie." Hy begin sy veiligheidsgordel losmaak.

Emma leun geheimsinnig nader en fluister. "Hou maar eers jou gordel vas, Meneer. Ek glo nie ons vlieg al hoog genoeg nie. Ek kan verkeerd wees maar ek dink ook nie die vliegtuig sal dit tot by haar maak nie." Sy draai haar oë dakwaarts. Emma sien hoe daar vir hom stadigaan 'n liggie opgaan.

"O, bedoel jy sy is . . .", hy wys met sy vinger na bo. Emma knik sedig. "Ag nee, jammer om dit te hoor. Toe jy so na haar roep het ek aangeneem julle kon nie sitplekke langs mekaar kry nie."

Sy trek haar skouers op. "Ons kon nie, maar dalk gaan dit vinniger gebeur as wat ek gedink het." Sy ril en begin vinniger praat soos altyd wanneer sy op haar senuwees is. "Ek gesels nog baie met haar. Sy was die beste ouma wat enige een kon vra. Niemand kon 'n storie soos sy vertel nie."

"Waar kom jou fobie vir vlieg vandaan?"

Sy kyk vererg na hom. "Wat bedoel jy met fobie? Ek hou net niks van vlieg nie? Besef jy as hierdie vliegtuig val is ons kisboude!"

"Jy bedoel ons boude in 'n kis?"

Die spot in sy oë maak haar boos. "Ag man, gaan vlieg!"

Weer skater hy dit uit. "Ek vlieg klaar."

Emma se oë vernou. Sy wonder of hy dink hy is onaantasbaar net omdat hy soos een of ander filmster lyk. "Mens moet nooit die noodlot tart nie."

Roger leun nader aan haar en vra sag. "Hoe tart ons die noodlot as ons vlieg?"

Emma lag oorwinnend."Hoekom praat jy so sag. Twyfel jy ook nou?"

"Glad nie, ek wil net nie hê ander mense moet ons hoor nie. Netnou dink hulle jy is jou varkies kwyt."

Emma kyk kwaai na hom en vra ekstra hard. "Het jy al ooit in die Woord gelees van enige iemand wat vlieg?"

Sy maak asof sy glad nie die mense sien wat in hulle rigting kyk nie. Roger se bloedrooi gesig laat haar glimlag maar dan skok sy woorde haar. "In watse woord?"

"Ek moes dit kon raai! Julle filmsterre leef mos in sonde en weet nie eers hoe 'n Bybel lyk nie!"

"Wat? Wie is 'n filmster? Is jy onder toesig op hierdie vliegtuig?"

Sy besef sy het haar naam nou lelik geplank en praat heelwat sagter toe die mense openlik geamuseerd na hulle kyk. "Het ek gesê filmster?"

Sy is bly toe hy ook sagter praat. "Ja, jy het en waar staan dit in die Bybel dat ons nie mag vlieg nie?"

"Nêrens nie, dis juis die punt. Daar word nêrens melding gemaak van enige tyd wat enige iemand sal vlieg nie . . . behalwe engele. Daar staan wel dat ons met die wederkoms opgeneem gaan word in die wolke, in elk geval sommige van ons, maar defnitief nie in 'n vliegtuig nie. So, tensy jy 'n ander Bybel lees as ek, is vlieg dalk nie 'n goeie idee nie."

Toe hy niks verder sê nie is Emma oortuig dat hy saamstem. Sy maak haar gemaklik en haar wimpers ontmoet mekaar snoesig, maar net vir 'n paar sekondes. Die vliegtuig gaan deur 'n lugleegte en na 'n gil kry sy haar vorige vashouplek beet.

"Rustig meisie, dis net 'n lugleegte." Dis eers nadat die vliegtuig weer egalig vlieg dat sy Roger se arm verleë los.

Sy sagte oë en woorde woel haar binneste deurmekaar. "Jy moet ontspan, jou senuwees gaan dit nooit hou nie."

Sy glimlag bewerig en hoop nie sy lyk skaapagtig nie.

"Is jy so *jittery* in jou motor ook?"

Die nostalgiese oomblik is verby. "Wat bedoel jy?"

"Ek dink net nie dis veilig om te bestuur as jy so op jou senuwees is nie."

"Ek is heeltemal kalm solank ek op moederaarde is, dankie! Jy hoef jou dus oor my te bekommer nie."

"Ek was eintlik oor die ander mense op die pad bekommerd." Sy ruk haar kop weg en luister geirriteerd na sy laggie.

"Wanneer is jou ouma oorlede?"

"Twee jaar terug."

Madelein maak 'n aankondiging. "Dames en Here, maak asseblief julle sitplekgordels vas. Ons gaan deur 'n storm vlieg maar dit behoort nie te lank te duur nie."

Emma roer nie. Haar mond is oop maar daar kom nie 'n geluid uit nie.

"Het jy gehoor wat sy sê? Jy moet jou gordel vasmaak."

Emma sit versteen. Sy is nie bewus dat Roger sy gordel losmaak, oor haar buk en hare vasmaak nie. Selfs die soen op haar halfoopmond het geen uitwerking op haar nie. Sy weet van niks, ook nie toe haar vriendin vinnig nader kom en 'n papiersak vir Roger gee met die opdrag om dit voor haar mond te hou nie. "Ek is bang sy hiperventileer. Sy is baie bang vir vlieg."

Roger grinnik. "Dis 'n *understatement*."

Emma weet van niks. Eers toe die storm verby is kom sy geleidelik uit haar trans. Roger se stem is plaerig. "Hierdie een was wild."

"Was ons in gevaar? Ek dink ek het vir 'n oomblik uitgezone."

"O, ek dog jy het dapper geword. So terloops, ons moet dalk name en nommers uitruil ingeval een van ons iets oorkom sodat die ander een darem inligting het om aan die familie oor te dra." Emma se asemhaling raak dadelik weer vlak. "Nie dat ek dink dit gaan gebeur nie maar dis altyd goed om voorsorg te tref.

Sy knik. "Jy's seker reg. Ek is Emma Rogers en ek het net 'n kat hier in Suid Afrika."

"Is jou van regtig Rogers en . . . wat bedoel jy jy het net 'n kat in Suid Afrika?"

"Is jy effens stadig?"

Roger lag. "My onnies het nooit gekla nie. Dink jy ek is effens stadig?"

"Wel, dis of dit of jou gehoor is net nie wat wonders nie. Vandat my ouma oorlede is, is ek alleen in Suid Afrika. Jy weet, sonder ouers of familie, en dit laat my met net Bessie my kat, wat na my ouma Bessie vernoem is. My boetie, Vincent, is in Amerika. En, ja, my van is Rogers. Wat is so snaaks daaraan?"

Roger steek sy hand uit. "Roger Hartman. Aangenaam."

Emma ignoreer sy hand. "O rerig? Ek is eintlik Emma Gat. Dan is jy seker Gat Hartman?"

Roger bars uit van die lag. "Dit klink goed - Emma Gat. Maar ek is regtig Roger Hartman."

Emma kan die man nie peil nie en sy wonder of sy verleë moet voel of haar weer bloedig moet vererg. Sy steek haar hand uit. "Aangename kennis, dink ek."

Roger vat haar hand. "Baie aangenaam, weet ek."

Hy los nie haar hand dadelik nie en sy trek dit verleë uit syne. Emma se vriendin kom maak weer 'n draai en Emma hoor hoe sy vir Roger sê : "Dankie dat jy uitgehelp het." Sy glimlag vir Emma. "Sjoe, ek is bly jy is orraait. Ek het gedog jy gaan hiperventileer?"

"Waarvan praat jy, Madelein?"

"Hy het 'n sakkie voor jou mond gehou toe jy so vlak asem gehaal het. Haai, daar roep hulle my, sien later."

Emma wil nog iets vra maar Madelein is klaar weg. Sy voel haar veiligheidsgordel is vas en sy kan om die dood nie onthou of sy dit vasgemaak het nie. Sy kyk verleë na Roger. "Dankie. Klink of jy jou oor my ontferm het."

Sy lui glimlag ontsenu haar en haar woorde droog op, iets wat nie sommer met haar gebeur nie. Sy onthou van haar kat. "Bessie is regtig vir my 'n groot bekommernis. Ek kan aan niemand dink wat na haar sal kyk nie."

"Jou kat? Ek is glad nie 'n katmens nie."

Hy verloor dadelik punte en Emma is bly daaroor. Dis baie makliker om haarself te wees as sy minder van hom hou. "Maar dis darem seker nie te veel gevra om net vir haar 'n goeie huis te soek as ek iets sou oorkom nie?"

"Wat van jou vriendin? Kan sy nie vir die kat 'n huis soek nie? Lyk of sy besorg is oor jou."

"Hmm, sy's so besig en ek dink nie sy sal regtig moeite doen nie."

"Waar bly jy?"

"In Sannieshof?"

Hy lag. "Emma Gat van Sannieshof. Ek is seker dit behoort nie te moeilik te wees om Bessie op te spoor nie. Is Sannieshof langs Jannieskroeg?"

Die spot in sy stem laat haar nekhare rys. "Genade maar jy is oningelig. Dis in Noordwes en glad nie so onbekend nie. Het jy regtig nog nooit daarvan gehoor nie?"

"Jammer, nee, maar ek glo jou. Mag ek vra hoekom jy op pad is Kaapstad toe?"

"Ek gaan vir 'n vriendin kuier, en jy?"

"Vir my werk. Dit moet 'n baie spesiale vriendin wees om hierdie opoffering voor te maak."

"Ek ken haar van voor skool af en was lus vir 'n avontuur."

"Sjoe, maar jy's waaghalsig."

Daar is weer 'n aankondiging. "Sal almal asseblief julle veiligheidsgordels vasmaak? Ons gaan amper land. Dankie dat julle van ons lugredery gebruik gemaak het."

Emma kan nie glo die tyd het so gevlieg nie. Sy kry dit hierdie keer reg om die instruksies te volg.Toe hulle land sê Roger: "Ek moet seker vir jou dankie sê dat ons veilig hier is. Dit is sekerlik jou gebede wat ons deur die storm gedra het."

Sy glimlag breed. "Dis 'n plesier. Jy kan gerus onthou dat gebed groot krag het."

Roger knik. "O, ek sal."

Hulle stap saam tot by die glasdeure. "Weet jou vriendin darem hoe laat jy land?"

"Ek gaan haar verras! Sy weet nie ek kom nie."

Roger gaan staan. "Wat? Dis nie baie slim nie. Wat as sy nie by die huis is nie?"

Emma moet opkyk na hom. "Dan wag ek vir haar."

"Ek bedoel as sy glad nie by die huis is nie, weg met vakansie of dalk getrek het."

"Man, lyk ek vir jou stupid? Ek het darem seker gemaak voor ek my kaartjie bespreek het."

Hy lag verlig. "O, en hoe kom jy by haar?"

"Met 'n huurmotor, natuurlik."

Roger stap saam met haar uit die gebou en roep 'n huurmotor nader. "Nou ja toe, ek hoop jy geniet jou avontuur en dat jy weer veilig terug vlieg na Sannieshof."

Sy klim in die huurmotor en draai die venster af. "Dankie, sterkte met jou werk."

Hy leun nader en sê: "Ek wou nog vir jou sê jou lippe proe soet."

Emma gaap hom agterna toe hy knipoog en wegloop. Dan ontplof sy. "Wat!" Hy draai om en waai. Sy kan glad nie dink waarvan hy praat nie. Die huurmotorbestuurder kug. Sy wil hom iets toesnou, maar besef dan dat hy vir die adres wag en sy gee dit vir hom.

Hoofstuk 2

Die huurmotor stop by Emma se bestemming. Sy betaal en klim uit.Toe dit ry voel sy skielik nie meer so selfversekerd nie. Maryna het die adres vir haar gegee toe sy 'n paar weke gelede 'n pakkie vir haar wou pos vir haar verjaarsdag. Emma kyk rond en alles lyk anders as wat sy haar dit voorgestel het – baie meer verwaarloos. Sy kan nie onthou dat Maryna enigiets in haar boodskappe genoem het dat dit swaar gaan nie. Sy tel haar tas op, trek haar skouers reguit en stap versigtig deur die hek wat net aan een skarnier hang. Die huis se mure kort verf en die gras is lank. Emma loop op die sementpaadjie wat ongelyk en vol krake is. Alles lyk baie stil.

Sy klop aan die voordeur, maar 'n doodse stilte begroet haar. 'n Benoudheid kom woel in haar binneste en sy wonder of dit die gevolg is van Roger se waarskuwing. Sy kry lag vir haarself as sy op haar horlosie kyk en sien dat dit nog vroeg is. Terwyl sy om die huis loop, krap 'n stemmetjie weer haar vrede deurmekaar. '*Wat as sy dalk regtig nie meer hier bly nie?*'

Emma haal diep asem en besluit om nie onnodig spoke op te jaag nie. Sy was nog altyd 'n positiewe mens en sien geen rede hoekom dit nou anders moet wees nie. Sy neem haar voor om te bel as Maryna oor 'n uur nog nie haar verskyning gemaak het nie. Haar gedagtes dwaal terug na Roger en sy wonder of sy hom weer sal sien. Sy laaste woorde woel haar binneste deurmekaar. Agter die huis is 'n swembad met vuil water. Emma ril en gaan sit op 'n verweerde bankie langs die swembad. Die voorste hek kraak en sy kyk vol afwagting na die hoek van die huis. Verligting spoel oor haar toe Maryna om die hoek kom en sy spring op. "Maryna!"

"Genade Emma, is dit tog nie jy nie? Wat maak jy hier?"

Emma se opgewondenheid verdwyn vinnig toe sy die verbystering op Maryna se gesig sien. "Ek het al die pad van Sannieshof af gevlieg om om vir jou te kom kuier, Maryna!"

"Regtig? Ek kan nie glo jy was so dapper nie."

Emma staan onseker nader, want sy hoor geen blydskap in haar vriendin se stem nie. Daar is 'n vreemde uitdrukking in Maryna se oë. "Is alles reg, Maryna? Ek wou jou verras."

"Ek waardeer dit Emma, dis net nou . . . 'n slegte tyd."

Emma sukkel om die knop in haar keel afgesluk te kry. "Dit was seker nie baie slim om sommer net hier op te daag nie, was dit?"

Sy sien hoe Maryna halfhartig haar hand na haar uithou. "Nee, dis nie dit nie, ons sal 'n plan maak. Waar het jy ingeboek?"

Emma frons verward. "Ingeboek?"

"Waar gaan jy bly?"

"Ek het gedink om sommer hier by jou te bly, maar as . . ." Emma sien duidelik dat dit nie 'n opsie is nie.

"Dis nie dat ek nie wil hê jy moet by my bly nie, dis net, as jy my laat weet het sou ek 'n plan gemaak het. Diederik hou nie van verrassings nie."

"Diederik? Ek dog dis jou huis?"

"Nee, dis syne."

"Maar jy het dan gesê jy is nog nie getroud nie. Jy bedoel tog nie . . .?"

Sy hoor die ongeduld in Maryna se stem. "Genade Emma, hierdie is nie Sannieshof nie. Hier in die Kaap trou mense nie meer nie." Dan vervolg sy sagter. "Ek is jammer."

Emma kyk na die vreemdeling voor haar. Maryna se blond gekleurde hare is besig om donker uit te groei, haar rok hang los om haar lyf en dit lyk of haar lipstiffie te vinnig aangesmeer is. Sy probeer haar teleurstelling onderdruk: "Watter hotel sal jy voorstel?"

Daar is donker kringe onder Maryna se oë en haar stem klink moeg. "Kom ons kry 'n huurmotor dan vat ek jou na die naaste hotel toe. Ek sal vannaand daar by jou kom eet as dit reg is met jou?" Daar is 'n tikkie besorgdheid in haar stem.

Emma forseer haarself om vrolik te klink. "Natuurlik, dit sal lekker wees om weer op te vang met al die nuus."

Sy stribbel nie teë toe Maryna haar tas vat en 'n huurmotor bel nie. By die hotel is sy verlig om te sien dit lyk beter as die plek waar Maryna bly. Hulle klim saam uit die huurmotor en Maryna druk die knoppie by ontvangs. 'n Man kom lui te voorskyn.

"Hallo Arnold, is hier nog 'n kamer oop?"

Emma hou nie van die manier waarop die man na hulle kyk nie. "Is daar dan nou 'n verandering in jou aptyt, Maryna?"

Emma verstaan nie wat die man bedoel nie, maar sy kan sien dat Maryna hom met haar kyk wil vernietig. Daar slaan rooi vlekke op haar wange uit. "Moet ek haar na 'n ander hotel toe vat?"

"Sjoe, dis nie nodig om jou te *strip* nie, Dol. Hier is 'n kamer vir haar."

Emma voel kriewelrig maar vat die sleutel terwyl sy na Maryna draai: "Hoe laat moet ek jou verwag?"

Sy sien weer die vreemde blikke tussen Maryna en die man. Maryna antwoord kortaf: "So seweuur."

Hulle groet en Emma gaan onseker met die trappe op. Sy stoot die deur stadig oop en sug verlig toe die kamer netjies lyk. Deur die venster spog die swembad ook met helder water. Die horlosie teen die muur wys dat dit pas na 16:00 is. Emma gaan sit op die bed en probeer uitwerk hoe vorentoe met die situasie waarin sy haar nou bevind, maar haar besige geaardheid laat haar vinnig opspring en sy besluit om haar klere in die kas te pak. Dis heeltemal te gou klaar na haar sin en toe sy weer op die horlosie kyk is dit skaars 'n kwartier later.

Sy gaan staan onder die stort om van al die frustrasies en spanning ontslae te raak en gun haarself 'n paar trane wat saam met die water wegvloei. Die vrolike rok wat sy aantrek, laat haar nie beter voel nie en sy gaan lê lusteloos op die bed en spring van een TV kanaal na die ander. Haar liggaam rebelleer teen die spanning van die dag en haar oë gaan toe. Sy word later baie deurmekaar wakker en wonder vir 'n oomblik waar sy haar bevind. Die seweuur nuus word op die televisie gelees en sy spring dadelik op toe sy besef dat Maryna dalk vir haar wag. Sy skakel die lig aan, kyk in die spieël, glimlag suur vir haarself en sê hardop: "Jy sal nou maar die beste van die res van jou vakansie moet maak. Jy gaan beslis nie die hasepad kies nie."

Die hysbak is naby haar kamer maar sy besluit om weer die trappe te gebruik. In die eetsaal kyk sy rond en gaan sit naby die deur sodat sy kan sien as haar vriendin opdaag. 'n Kelner kom dadelik nader. "Goeie naand, Juffrou. Kan ek vir u iets bring om te drink?"

“Nie nou nie, dankie. Ek wag vir iemand. Jy kan dalk weer oor so 'n paar minute kom.”

“Natuurlik, Juffrou.” Emma glimlag vir sy snaakse Afrikaanse uitspraak.

Teen halfagt is daar nog geen teken van Maryna nie en Emma sien die jammerte in die kelner se oë. Sy wink hom nader. “Dalk kan jy maar solank vir my koffie bring. Daar moes iets voorgeval het met my vriendin.” Emma raak later bekommerd en besluit om Maryna te bel. Sy skrik toe 'n man haar foon antwoord en druk vinnig dood. Sy wonder of sy die verkeerde nommer geskakel het. Toe sy weer bel en dieselfde stem antwoord, druk sy deur. “Goeienaand Meneer, kan ek asseblief met Maryna praat.”

“Sy is nie hier nie.”

Die barsheid in sy stem gee vir Emma die ene hoendervleis. “Kan jy haar asseblief vra om my te bel as sy 'n kansie kry? Dit is haar vriendin, Emma.”

“Sy sal nie vanaand kans kry nie.” Die foon word doodgedruk.

Emma bewe innerlik. Die gedagte om te gaan kyk of alles reg is daar, kom by haar op, maar sy druk dit vinnig dood. Maryna het haar gewaarsku dat Diederik nie van verrassings hou nie en sy wil dit nie nog moeiliker vir haar maak nie. Sy skrik toe die kelner skielik by haar praat. “U koffie.”

“Dankie, kan ek sommer nou betaal. Sy het laat weet dat daar iets voorgeval het.” Sy drink haar koffie vinnig en besluit om terug te gaan na haar kamer toe. Terwyl sy vir die hysbak wag, is haar gedagtes in 'n warboel. Die deur gaan oop en sy verstik amper in haar eie spoeg toe Roger haar amper uit die aarde loop. Sy onderdruk met moeite die gevoel om hom om sy nek te gryp.

"Wil jy nou meer! Die avontuurlustige Emma Gat van Sannieshof in dieselfde hotel as ek. Waar is jou vriendin dan?"

Alles is skielik net te veel vir Emma en haar oë raak waterig. Roger sit sy arm verbaas om haar skouers. "Ag nee, Emma. Wat is fout? Kon jy nie jou vriendin kry nie?"

"Nee, ek het haar gekry, maar ek dink sy is in groot moeilikheid en ek weet nie hoe om haar te help nie!"

Hy hou sy sakdoek na haar uit en stoot haar in die hysbak. "Watter vloer?"

"Tweede."

Die hysbak beweeg boontoe. "Hoekom dink jy sy is in die moeilikheid?" Emma vertel vir hom wat tot dusver gebeur het.

"My liewe Emma, ek dink nie jy moet jou te veel oor haar bekommer nie. Ek is seker sy het net sleg gevoel om vir jou te sê hulle het reeds ander planne vir die aand en daarom het sy hom die foon laat antwoord. As ek moet raai, lewe sy nou heeltemal 'n ander soort lewe as jy en weet sy nie hoe om dit vir jou te sê nie. Ek is seker sy gaan jou môre bel sodat julle mekaar kan ontmoet wanneer haar vriend by die werk is en dan sal sy alles verduidelik."

Emma frons. "Ek weet darem nie. Dis in elk geval nie mooi om my net so te los en niks te laat weet nie."

"Ek stem, maar mense verander." Hulle is op die tweede vloer en die deur gaan oop. Roger hou die deur oop. "Het jy al geëet?"

"Nee, ek het my eetlus verloor na die oproep."

"Wel, ek was nou op pad om te gaan eet. Is jy nie lus om saam met my te kom nie?"

Emma knik. Sy sien nie kans vir haar kamer nie. "Dit sal seker nie skade doen nie?"

"Mooi, ek was juis nie lus om alleen te eet nie."

Hulle gaan weer af onder toe. Dieselfde kelner van vroëer kom nader met 'n groot glimlag en hulle bestel iets om te eet.

Roger sê: "Sjoe, maar die man is baie vriendelik."

"Ek dink hy het my vreeslik jammer gekry netnou omdat ek gesê het ek wag vir iemand en toe daag niemand op nie!"

Roger lag. "Dit gebeur seker maar gereeld in sy bedryf en hy is bly jy is nie deel van die statistiek nie."

Emma glimlag. "Die ergste van alles is dat hy nou dink ek het gejok, want ek het gesê ek wag vir 'n vriendin."

"Hmm. G'n wonder hy glimlag so breed nie. Ek wonder wat vertel hy nou vir die ander kelners? Het jy darem al herstel van die spanning op die vliegtuig?"

"Ek kan sien jy dink dis 'n grap, maar ja dankie, ek het." Emma onthou skielik sy woorde by die huurmotor se venster. "O ja, wat het jy bedoel net voor jy geloop het daar by die lughawe?"

"Wat het ek nou weer gesê?"

Emma sien die pret in sy oë en besluit om dit nie te herhaal nie. Haar selfoon lui en sy kyk verbaas na Maryna se naam op haar skerm. Sy antwoord versigtig. "Hallo? Maryna?"

"Emma, ek is jammer dat ek nie opgedaag het vir ete nie. Diederik sê dis reg as jy by ons kom bly. Kan ek jou sommer nou kom haal?"

Emma kyk verbaas na die foon in haar hand. Sy hoor haar vriendin se stem aan die ander kant. "Emma, . . . Emma, . . . is jy nog daar?"

"Ja Maryna, ek hoor jou, maar jou vriend het gesê jy sal nie vanaand beskikbaar wees om my terug te bel nie. Ek verstaan nie?"

"Ag, hy was net vies omdat hy van niks geweet het nie, maar ek het alles mooi aan hom verduidelik. Hy het nie besef dat jy niemand hier ken nie."

"O, ek sien."

Maryna praat vinniger as gewoonlik. "So, moet ek jou kom haal?"

"Ek dink ek gaan vanaand liewer hier slaap dan kan ons môre weer praat."

"Ag nee, Emma, is jy nou kwaad vir my?"

"Nee Maryna, natuurlik nie. Ek het net klaar betaal vir vanaand."

"Nou maar goed, dan praat ons weer môre. Jammer Emma, lekker slaap."

Emma kyk fronsend na die foon. Roger se stem dring tot haar deur. "Dit was 'n bietjie skielik, was dit nie?"

"Ja, ek dink ook so. Ek is seker sy was verlig toe ek haar aanbod van die hand gewys het."

"Wat het sy gesê?"

"Diederik wil hê dat ek by hulle moet kom bly. Sy sê nadat sy alles aan hom verduidelik het verstaan hy beter. Hy kry my glo jammer omdat ek niemand hier ken nie."

"Hmm . . . dis vreemd. Eers mag jy nie met haar praat nie, maar nou kan jy sommer by hulle gaan bly. En dan klink sy ook nie opgewonde omdat hy ingestem het nie."

"Ja, dis vir my ook vreemd veral omdat hy vroeër so ongeskik was en die foon in my oor doodgedruk het."

"Jip, iets klink nie lekker nie. As ek jy is, sal ek liewer in die hotel bly en die kat eers goed uit die boom kyk."

"Wat bedoel jy?"

"Ek wil jou nie onnodig bang maak nie Emma, maar hier gebeur deesdae snaakse dinge in die stad."

Emma vryf oor haar arms asof sy koud kry. "Soos wat?"

"Wees net wakker en hou jou oë oop. Ontmoet die man eers voor jy sommer daar intrek."

"Ek voel ook so, maar ek kan mos nie vir haar nee sê nie, ek het dan al die pad gekom om vir haar te kom kuier."

"Ek verstaan, maar dit was toe jy gedink het sy is alleen. Kan jy nie vir haar sê dat jy ongemaklik sal voel nie? Sy ken mos jou waardes."

"Ek kan probeer, maar as sy aanhou sal ek seker maar gaan."

"Wel, in daardie geval wil ek jou vertel wat die laaste paar maande hier aan die gang is. Dit was in al die koerante. Twee jong meisies het in hierdie omgewing verdwyn en hulle is nog nie weer opgespoor nie."

Emma ril. "Dis verskriklik! Maar wat het dit met Maryna te doen?"

"Ek sê nie dit het enig iets met haar te doen nie Emma, ek sê net jy moet versigtig wees. Deesdae kan mens niemand vertrou nie."

Emma kyk vies na hom. "Ek kan haar beslis vertrou, jy is besig om te oorreageer."

"Nou maar goed, jy glo in elk geval net wat jou ouma vir jou sê."

Emma se foon lui weer. "Hallo Maryna."

"Hallo Emma, dis Diederik, Maryna se vriend. Ek wil omverskoning vra omdat ek so kortaf met jou was. Dit was 'n moeilike dag by die werk en ek weet dit is geen verskoning vir my gedrag nie, maar Maryna dink nou jy is kwaad vir haar."

Koue rillings gly teen haar ruggraat af. Die man laat haar aan 'n glibberige paling dink. Sy stem is skielik sag en hees.

"Dis alles reg, Diederik. Ek is regtig vir niemand kwaad nie en hoop dit sal môre beter gaan by jou werk."

"Dankie, maar ek gaan jou sommer nou kom haal. Maryna voel baie sleg omdat jy in 'n hotel moet tuisgaan."

"Ek wil regtig nie op julle privaatheid inbreuk maak nie, Diederik. Dis doodreg hier in die hotel, in elk geval vir vanaand. Soos ek reeds vir haar gesê het, ek het klaar vir vanaand betaal."

Daar is 'n kort stilte. "Ek dring daarop aan. Ek sal jou geld vir jou teruggee."

Emma se kopvel kriewel en haar stem bewe wanneer sy antwoord. "Ek sal dit môre met Maryna bespreek. Dankie vir die bel, maar ek is klaar in die bed."

Sy druk die foon dood voor hy enig iets verder kan sê. Sy voel Roger se oë op haar. "Moet niks sê nie."

"Alles reg. Ek is seker jou ouma het gesê dis reg om 'n wit leuentjie te vertel in geval van nood."

Emma trek haar mond skeef en kyk benoud rond. "Wat as hy nou hier opdaag?"

"Ek glo darem nie hy sal nie. Hier kom ons kos. Ons eet gou en waai."

Emma besef hoe honger sy is en val gulsig weg. "Dalk het Maryna met hom baklei en wil hy die vrede bewaar."

Roger knik."Dalk, maar dit kan in elk geval nie skade doen om versigtig te wees nie."

"Nou maar goed, jy het my oortuig. Ek gaan liewer net hier bly."

"Kan ek 'n voorstel maak?"

"Natuurlik."

"Kry more oggend vir jou 'n klein selfoontjie wat jy aan jou lyf kan versteek en gee my jou vriendin se adres. Jy moet ook die nuwe foon se nommer vir my stuur."

Emma giggel senuweeagtig. "Jy is nie nou ernstig nie? Jy skryf nie dalk speurverhale nie of het jy net 'n ooraktiewe verbeelding?"

Roger lag. "Dalk, maar ek is nietemin baie ernstig. Ons moet mekaar ook twee keer per dag kontak sodat ek kan weet waar jy is."

"Genade Roger, ek is mooi groot en kan na myself kyk!"

"Nou maar goed, maar hou ten minste net iemand wat jy ken op hoogte van jou bewegings."

"Jy weet goed ek ken niemand behalwe Maryna hier in die Kaap nie."

Hulle eet in stilte verder en verlaat die eetstaal toe hulle klaar betaal het. Emma mik vir die trappe. "Is jy bang Diederik kom uit die hysbak as die deur oopgaan?"

Emma lag. "Nee, ek hou van trappe klim. Ek was netnou net ingedagte toe ek jou daar gekry het."

"Wel, ook maar goed so anders het ons mekaar dalk gemis."

Toe hulle bo kom vra Roger: "Is jy nie lus om gou by my te kom koffie drink sodat ek jou mooi kan leer van veiligheid in die stad nie?"

Emma glimlag. "Koffie sal lekker wees, dankie."

Roger bel kamerdiens en terwyl hulle wag, vra Roger haar uit oor Sannieshof. Toe iemand aan die deur klop, skrik Emma. Roger glimlag gerusstellend en vra hard. "Ja?"

"Kamerdiens. Ek het die koffie gebring."

Roger staan op. "Dankie."

Emma kyk beskuldigend na hom. "Kyk nou net hoe bang het jy my gemaak."

"*Sorry*. Ek sal baie bly wees as ek verkeerd is."

Die reuk van die koffie kielie Emma se neusgate. Sy hou die beker voor haar neus en ruik behaaglik daaraan. Sy kyk na die horlosie teen die muur. "Genade, dis dan al half elf."

Hulle drink klaar en Roger sê: "Jy is seker baie moeg?"

"Nee, ek moet sê ek voel glad nie vaak nie. Ek dink ek is te bang en die koffie so laat, help beslis ook nie."

"Wel, as jy wil kan ons nou vir jou 'n foon gaan soek. Mens weet nie hoe laat jou vriendin more hier opdaag nie."

"Daar sal seker nie nou meer plekke oop wees nie?"

"Jy sal verbaas wees. Hierdie is Kaapstad, sussie!"

Emma skud haar kop. "Ek kan nog nie glo dat jy ernstig is nie."

"Ek sê weer, ek hoop ek is verkeerd Emma, maar mens kan nooit te versigtig wees nie."

Hulle verlaat die hotel en Emma verkyk haar aan die naglewe. "Genade, in Sannieshof slaap almal nou al lankal."

Roger lag. "Ek het so gedink. Hier begin baie van die mense nou eers 'lewe'."

Hoe verder hulle loop, hoe besiger raak die strate. Emma sien verward hoe baie jongmense oral op die sypaadjies rondlê. Sy sien verwaarloosde kinders wat in asblikke rond-soek en dan smekend na hulle kyk terwyl hulle hulle hande uithou. Sy kry nie kans om stil te staan en alles in te neem nie, want Roger se hand op haar rug stu haar vorentoe. Daar hang 'n vreemde, walglike, soet reuk in die lug.

Emma kyk verbouereerd na Roger. "Dis verskriklik! Ek sal nie hieraan gewoond kan raak nie. Wat doen al die mense die tyd van die aand op straat?"

Roger kyk fronsend na haar. "Hoe oud is jy, Emma?"

Sy kyk vies na hom. "Hoekom wil jy weet?"

Hy lag. "Ek skat jou so vier-en-twintig."

"Toe nie, ek is ses-en-twintig."

Hy skud sy kop ingedagte. "En nog so onskuldig. Dis juis mense soos jy wat 'n maklike prooi is."

Voor Emma hom kan antwoord sien sy Maryna aan die oorkant van die pad. Haar gesig helder op, maar dan verskyn daar 'n vraagteken tussen haar oë.

Roger volg haar oë. "Is dit jou vriendin?"

"Ja, maar hoekom is sy hier as sy my uitgenooi het om by hulle te gaan slaap. En wat maak sy so laat alleen op straat?" Sy wil dadelik na Maryna toe loop, maar Roger keer haar.

"Dink jy nie sy sal wonder hoekom jy nie in jou bed is nie?"

"Ja, seker."

"Ek dink nie jy moet haar van my vertel nie."

"Hoekom nie?"

"Dis net beter."

Emma kyk verward na hom. "Hoekom nie? Wat is dit met julle almal? Kan mens enige iemand hier vertrou?"

"Luister Emma, as jy nou mooi dink . . ."

Emma val hom in die rede: "Hoe het jy geweet in watter hotel ek is? Het jy my van die lughawe af gevolg?"

"Ek kan jou seker nie kwalik neem dat jy nou oor my ook wonder nie. Maar dink jy nie as ek iets met jou wou doen ek dit lankal kon doen nie? Ons was alleen in my hotelkamer, onthou jy?"

Emma kyk steeds fronsend na hom. "Jy is seker reg, maar ek ken Maryna vandat ek kan onthou en ek ken jou skaars. En nou voel dit of ek haar ook nie meer regtig ken nie. Alles is so deurmekaar!"

Roger sit sy arm liggies om haar skouers. "Ek kan verstaan dat jy deurmekaar is, maar ek is seker dis 'n bestiering dat ons in dieselfde hotel beland het. Jou ouma bid seker nou nog vir jou."

"Dink jy so? Ek bedoel dat dit 'n bestiering is?"

Roger knik. "Emma, jy sal moet kophou hier in die stad. Jy glo tog in die voorsieningheid, dan nie?"

"O ja, absoluut. Maar niks maak vir my sin vandat ek hier geland het nie."

"Ek glo jou. Kom ons volg jou vriendin en sien of ons nie dalk iets kan wys word nie."

Emma trek aan een van haar krulle. "Ek weet darem nie of vriendinne op mekaar spioeneer nie."

"Jy het vroeër gedink sy is dalk in die moeilikheid. As dit so is, kan ons haar dalk help."

Emma knik. "Jy's reg. Dit voel of ek op 'n ander planeet is, Roger. Ek is vrek bang." Sy struikel oor iets of iemand en Roger vang haar net betyds voor sy die grond tref. Hy vat haar hand maar sy rem terug. "Ek weet darem nie. Wat as sy ons sien, hoe gaan ek dit aan haar verduidelik?"

"Ons sal seker maak dat sy ons nie sien nie. Dit is die enigste manier om uit te vind of sy hulp nodig het, Emma."

Sy woorde het die gewensde uitwerking en Emma val langs hom in. Hulle loop ingehaak. "So sal ons die minste aandag trek. Vertrou my asseblief net ten minste vanaand."

Sy liggaam so naby hare laat haar veiliger voel. "Nou goed." Haar oë soek na Maryna en sy sê benoud. "Roger, ek sien haar nie meer nie."

Hy trek haar by 'n donker, raserige plek in en hulle gaan sit naby 'n venster. Die ligte binne flikker en die mense lyk vir haar soos drogbeelde. Sy skuif so na as moontlik aan hom en toe iemand met 'n drankasem in haar nek vra: "Kan ek vir jou 'n dop koop?" beswyk sy amper.

Roger staan op en fluister iets by die man se oor. Emma sien verbaas hoe hy wegskarrel. Voor sy nog kan vra wat hy vir die man gesê het wys Roger na iets deur die venster. "Daar is jou vriendin, onder daardie straatlig. Sien jy haar?"

Emma kyk mooi, maar skud haar kop. "Nee, dis beslis nie sy nie. Daardie vrou het 'n rompie aan wat skaars die nodige toe maak."

"Kyk na haar gesig, Emma."

Emma se mond gaan oop. "Dit lyk sowaar soos sy, maar sy het dan nou net iets anders aangehad."

"Sy het net 'n ligte jassie oor daardie klere aangehad en dis nou seker êrens versteek."

"Ek kan nie glo sy dra sulke gewaagde klere nie. Ek verstaan nie, Roger. Wat gaan aan?" Emma raak verder verward toe 'n duur motor langs Maryna stop en sy vorentoe leun om met die bestuurder te praat. Dit voel vir Emma of sy na 'n goedkoop fliek kyk. Sy sien hoe Maryna in die motor klim. Sy draai na Roger en sien jammerte in sy oë. "Nee . . . dit kan nie wees nie." Dit voel vir Emma of sy gaan flou word.

"Ek is jammer, Emma. Ek het sowaar nie gedink dis hoe dit sou uitdraai nie. Dalk moet jy môreoggend terug vlieg Sannieshof toe."

Emma skud haar kop. "Dalk is dit Diederik wat haar kom haal het?"

"Ek glo nie, Emma. Kyk, daar gebeur dieselfde nou met die volgende meisie en hoekom sou haar kleredrag so skielik verander het?"

Emma skud haar kop. "Ek weet nie, ek weet niks meer nie, maar ek kan dit nie glo nie. Dalk is daar tog 'n ander verduideliking."

Roger sit sy hand oor hare. "Ek hoop so, maar hierdie is Kaapstad. En eintlik gaan dit deesdae seker maar oral so."

"O nee, beslis nie waar ek vandaan kom nie?"

"Is jy seker? Wanneer laas was jy laatnag op straat in Sannieshof?"

"Ek wil dit nie glo nie, Roger. Hoekom? Sy kom uit 'n goeie huis. Ons het saam gespeel, skool gegaan, sport gedoen en kerk toe gegaan."

"Dit is iets waaroor ek ook baie wonder. Hoe sal mens ooit weet?"

Emma is naar van onsteltenis. "Ek wil terug gaan hotel toe, asseblief. Ek voel nie lekker nie."

Hulle staan op en stap terug. "Het jy besluit wat jy môre gaan doen? Gaan jy maar liewer terug, Sannieshof toe?"

"Nee, ek moet met Maryna praat. Ek kan haar nie net so los nie. Dit is my plig as haar vriendin." "Is jy seker jy is opgewasse hiervoor, Emma?"

"Ek weet nie, maar ek sal nie met my gewete kan saamleef as ek niks doen nie."

"Ek het so iets vermoed. So, is jy bereid om met ons plan voort te gaan?"

"Dink jy dan nog steeds dit is nodig?"

"Ja, beslis."

Emma stop en kyk vraend na Roger. "Mag ek vra hoekom jy so besorgd is oor my?"

Hy glimlag en trek speels aan een van haar krulle. "Dit moet die bos krulhare wees."

Emma lag verleë. "Ou snaaksie, maar dit laat my tog effens beter voel."

"Net effens?"

Sy lag net. Voor hulle terug is by die hotel gaan hulle by nog 'n donker kamer in. Emma kry die een rilling op die ander. "Wat nou?"

"Ons moet nog 'n foon kry."

"Hier?"

"Dis middernag, Emma, waar anders? Hier gaan ons ook nie enige dokumente nodig hê nie."

Emma skud haar kop en kyk hoe hy 'n klein foontjie koop. Sy kan nie gou genoeg daar uitkom nie en toe hulle buite is, snak sy na haar asem. "Genugtig, ek het nog nooit soveel vreemde soorte stank op enige plek beleef nie."

Terug by die hotel stap hy saam met haar tot by haar kamer. "Onthou nou, die klein outjie hou jy aan jou liggaam en word net in noodgevalle gebruik." Hy sit sy nommer op die foon en vat haar nommer.

Sy vryf oor haar arms. "Ek sal onthou."

Hy buk vorentoe en toe Emma koes, lag hy. "Wat het jy gedink wil ek doen? Daar sit iets op jou wang, lyk soos 'n spinnekop."

Emma vee haar wang haastig af, maar voel niks en voor sy iets kan sê is hy weg. Sy klim in die bed en teen 2h00 hou haar deurmekaar gedagtes haar nog uit die slaap. Daar is baie vrae wat sy nog vir Roger wou vra soos waar hy gaan tyd kry om na haar om te sien en nog belangriker, wat hy gaan doen as daar dalk regtig iets gebeur. Die slaap kom heelwat later maar sy word kort-kort wakker van een of ander nagmerrie waarvan sy niks kan onthou nie.

Hoofstuk 3

Sonstrale wat oor Emma se gesig speel, maak haar wakker en sy staan moeg op. Sy trek aan en kyk na die nuwe selfoon wat op die bedkassie lê. Die idee om dit aan haar te versteek laat haar benoud giggel, maar sy besluit tog om Roger se raad te volg. Net voor sy uit die kamer gaan, lui haar foon.

"Môre, juffrou Gat."

Sy lag. "Jy gaan dit nooit los nie, gaan jy?"

"Ek glo nie. Is jy gereed vir wat ook al gaan kom vandag?"

"Hoe moet ek weet?" Sy ril effens.

"Het jy darem goed geslaap?"

"Nee, nie regtig nie."

"Dis seker te verstane. Het jy die nuwe foon versteek?"

"Ja speurder, ek het."

Hy lag. "Ek sal maar nie vra waar nie?"

"Nee, want ek sal ook nie vir jou sê nie."

"*Fair enough*. Onthou as jy dalk besluit om my te bel as jy by jou vriendin is, maak of ek 'n kollega is."

"Genade, jy dink aan alles. Jy is nie dalk regtig 'n speurder nie, is jy?"

Hy lag en groet. Voor Emma nog in die eetsaal is, lui haar foon weer en sy sien dis Maryna. Sy probeer haar stem natuurlik hou, maar die prentjie van haar vriendin met haar einakleertjies die vorige aand, bly by haar spook. "Hallo Maryna, ek wou jou nou net bel sodra ek klaar geëet het."

"Mooi, ek is af vandag. Wag vir my, dan eet ek ietsie saam met jou as jy my al vergewe het."

"Nou maar goed, ek wag vir jou." Sy weet nie hoe sy haar vriendin vandag in die oë gaan kyk nie. Sy stuur vir Roger 'n SMS en haar foon lui direk daarna.

"My genade meisie, jy kan nie vir my sulke boodskappe stuur nie. As iemand besluit om jou foon te vat en hy gaan deur die boodskappe sal hy mos dadelik sien dat ons iets vermoed. Delete asseblief dadelik die boodskap."

Emma voel afgehaal. "Ek dog maar net ek hou jou op hoogte."

"Dankie en dis goed, maar wees versigtig hoe jy die boodskap stel."

Emma sien Maryna dadelik toe sy by die eetsaal inkom. "Hier kom sy." Sy druk die foon dood en wag vir haar vriendin om nader te kom. Maryna lyk meer toegeeflik as die vorige dag en gee vir Emma 'n drukkie. Emma begin twyfel of dit regtig haar vriendin was wat sy en Roger die vorige aand gesien het. Hulle bestel koffie en toe Maryna haar donkerbril afhaal, sien Emma die donker kringe onder haar oë wat sy nie met grimering kon wegtoor nie. Haar hart gaan uit na Maryna.

"Ek het jou kom haal, Emma. Ek voel regtig sleg oor gister omdat ek jou net so aan jou genade oorgelaat het."

"Ag nee wat Maryna, ek gee glad nie om om in die hotel te bly nie. Ek besef dit was baie onverantwoordelik van my om sommer net so by jou op te daag."

"Nee Emma, jy het selfs gevlieg om my te verras en buitendien wil Diederik jou graag ontmoet."

Emma skuif ongemaklik rond. "Nou maar goed, ek sal daaroor dink. Ek het net 'n paar dae verlof so ek sal julle darem nie te lank pla nie."

"Is daar iemand wat vir jou wag in Sannieshof, dalk die groot liefde waaroor ons altyd so gedroom het?"

"Nee . . . glad nie."

"Is jy seker? Hoekom klink dit of jy aarsel? Ek hoop nie jy het deesdae geheime vir my nie."

"Jy bedoel soos jy vir my." Sy voel dadelik sleg toe sy dit sê.

Maryna kyk af. "Ek wou jou net nie skok nie maar dinge is anders hier in die stad. Jy sal nog sien."

"Ek beplan nie om lank genoeg hier te bly om te sien nie."

Maryna knik afgetrokke. "Dit is dalk goed. Hierdie stad het 'n manier om mens in te sluk."

"Hoekom bly jy dan nog hier? Is jy gelukkig?"

"Is daar enige plek waar mens ooit regtig gelukkig is, Emma?"

"Maar jy was tog gelukkig in Sannieshof? Julle gesin was altyd so *close*."

"Emma, dinge is nie altyd soos wat dit lyk nie. Het jy dit nog nie agtergekom nie?"

"Wat bedoel jy, Maryna? Jy het nooit iets gesê nie. Was daar dan fout?"

"Wil jy regtig weet?"

"Natuurlik, as jy dit met my wil deel."

"Ek kan seker net sowel. Het jy al iets bestel om te eet?"

"Nee, ek het vir jou gewag. Hier kom die kelner met ons koffie."

Hulle bestel kos en terwyl hulle wag voel Emma 'n ontsaglike jammerte vir haar vriendin in haar hart. Daar is soveel rou emosie in haar oë dat Emma haar wil vra om liewer niks te sê nie. Maryna se stem is sag en haar oë bly op haar hande gerig. "Dit was omtrent toe ek veertien geword het dat alles verander het." Daar is 'n lang stilte en Emma wonder of sy nog iets gaan sê. "My pa het verander. Ek kon dit nie verstaan nie. Hy was net nie meer my pa nie."

Die pyn in Maryna se oë maak Emma week. "Hoe bedoel jy? Ek weet hy was baie weg en het jou dan met duur geskenke bederf wanneer hy teruggekom het. Ons almal was baie jaloers op jou."

"Ja, dis so ironies. Dit was omkoopgeskenke sodat ek nie vir my ma moes vertel van sy nagtelike besoeke in my kamer nie."

Emma sluk en hoop sy het verkeerd verstaan. "Jy bedoel nie . . ."

"Ja, Emma, dis presies wat ek bedoel."

Emma skud haar kop heen en weer en probeer die lastige knop in haar keel wegsluk. "Jou pa was dan gereeld Sondae in die kerk, hy was 'n diaken . . ."

"Presies, niks is soos wat dit regtig lyk nie. Ek het ook nie dadelik iets aan die besoeke gedoen nie. Ek het eers later moed bymekaar geskraap en vir hom gesê ek gaan my ma vertel. Hy het my gewaarsku dat dit haar einde sou beteken as ek iets sê. En dit is toe presies wat gebeur het. Net nadat ek my ma vertel het, het sy 'n senuwee-ineenstorting gekry."

Emma se gedagtes gaan terug. "Was dit die tyd toe jou ma die beroerte gekry het?"

"Presies, dit was wat my pa dit genoem het en hy het gesê dit was my skuld."

Emma skud haar kop heftig. "Maryna, jy glo tog nie regtig dat dit jou skuld was nie! Dit was nie asof jy wou gehad het jou pa moes dit doen nie. En met wie anders kon jy praat?"

"Dit was dalk nie net my skuld nie, maar ek het tog deel daaraan gehad."

"Nee Maryna, jy moet dit nie dink nie. Is dit hoekom jy Kaap toe gekom het? Jy het gesê jy wil by 'n kunsskool inskryf."

Maryna lag sonder vreugde. "Dit was 'n storie. Ek het besluit om weg te loop en het nooit by enige skool ingeskryf nie. Ek het geld by my pa gesteel en hier kom werk soek sodat ek so ver moontlik van hom af kon wegkom."

"Hoe is dit moontlik dat ek nooit enige iets vermoed het nie?"

"Jy was nog altyd *gullable*, Emma. En ek moes vining leer om dinge weg te steek. Dit het later tweede natuur geword. Ek het 'n dubbele lewe gelei."

"Het jou Pa nog steeds na jou ma se beroerte . . . ?"

"Nee, hy het dit nie weer gewaag nie en ek is mos kort daarna weg."

"Het hy na jou gesoek?"

"Ek glo nie, hy kon nie juis die polisie se hulp inroep nie."

"Seker nie." Emma skud haar kop omdat sy dit nie wil aanvaar nie. "Dit was dan hoekom jy vir solank niks van jou laat hoor het nie. En ek het gedink dit was omdat die nuwe skool jou so besig hou."

Maryna lag, maar Emma hoor dis sonder vreugde. "Ek onthou eenkeer, aan die begin, toe ek en jy nog kontak gahad het, het jy gesê my pa het jou raakgeloop en hy sê hy is so bekommerd oor my omdat hy niks van my hoor nie. Ek wou naar word en het besluit om jou ook minder te bel."

Emma sit haar hand oor Maryna s'n, maar Maryna trek dit weg. "Jy moet my asseblief nie jammer kry nie. Dit het vir 'n ruk sleg gegaan, maar dit gaan nou goed. Soos jy weet het ek 'n dak oor my kop en iemand wat vir my omgee en vir my sorg."

Emma is bly toe die ontbyt voor hulle neergesit word sodat alles wat sy gehoor het net eers kan insink. Na 'n rukkie sê sy: "Jou ouers is nie meer in Sannieshof nie, weet jy dit?"

"Ja, ek het eenkeer toe ek genoeg moed bymekaar kon skraap, gebel om te hoor hoe dit met my ma gaan. My pa het my gesmeek om terug te gaan huis toe sodat ons alles kon uitpraat en toe het hy vir my gesê hulle gaan Tzaneen toe trek. Hy het gesê ons moes die verlede vergeet en hy sou opmaak vir alles wat gebeur het." Emma hoor die walging in haar stem en sien die afsku in haar oë.

"En ek veronderstel jy het dit nie eers oorweeg nie."

"Nee, Emma! Genugtig! Wat sou jy gedoen het?"

Emma trek haar skouers op. "Ek weet eerlik nie, seker maar dieselfde. Maar is jy regtig nou gelukkig, Maryna?"

Maryna sug. "Wat is geluk, Emma?"

Emma wens sy kan vir Maryna sê dat sy weet waarmee sy besig is. Sy ken nie hierdie vreemdeling met die koue oë nie. "Maryna, dink jy nie ek moet maar eers in die hotel bly nie."

"Nes jy wil. Dis dalk beter so." Emma luister na die stem wat veraf en sonder enige gevoel is.

Maryna staan op: "Jammer . . ."

Emma staar vir lank na die deur asof sy verwag dat Maryna weer enige oomblik gaan terugkom. Sy weet nie wat om te dink of te doen nie. Maryna het skaars aan haar kos geraak. Emma betaal vir die ontbyt en gaan terug na haar kamer. Sy bel vir Roger. "Kan ons praat of is jy besig?"

"Jy kan maar praat. Jy klink ontsteld."

Emma sukkel om haar stem te beheer en haar woorde kom rukkerig uit. "Ek kan nie glo wat ek vandag gehoor het nie. Maar ek dink nie jy hoef bekommerd te wees oor my nie, dis Maryna . . ." Sy kan nie verder praat nie en druk die foon dood. Haar kop sak in haar hande en haar hele lyf ruk. Sy weet nie hoe lank sy so gesit het toe iemand aan haar deur klop nie. Sy wil dit eers ignoreer, maar dan hoor sy Roger se stem.

"Emma . . . Emma is jy daar?"

Verligting spoel deur haar en sy maak die deur vinnig oop. Hy kom in en maak die deur agter hom toe. "En nou Emma, wat gaan aan? Hoekom het jy gehuil?" Hy trek haar nader en sy laat toe dat hy haar troos. "

Emma weet nie waar om te begin nie, maar die gevoel van veiligheid in sy arms maak dit makliker vir haar om haar vriendin se geheime met hom te deel. Nadat sy klaar is hou hy haar 'n entjie van hom weg. "Ai Emma, ek is so jammer dat jou kuier in so 'n fiasko verander het."

"Roger, ek het niks om oor te kla nie. Hierdie is maar 'n paar dae van my lewe, maar dit is haar hele lewe. Ek verstaan nou hoekom sy so verander het. En die ergste van alles is dat dit lyk of sy glo dit is maar hoe dit moet wees en of sy dit verdien om in hierdie omstandighede te lewe."

"Dit klink soos 'n bose kringloop. Die onskuldige word later die skuldige."

"Ja, dis presies dit."

"Dis regtig vreeslik Emma, en ek voel saam met jou vir haar jammer. Maar ons moet nog steeds nie vergeet dat Diederik baie vreemd optree nie. Weet sy of daar iemand spesiaal vir jou in Sannieshof wag?"

"Sy het gevra."

"En . . . wat het jy gesê?"

"Ek het nee gesê."

"En is dit die waarheid?"

"Natuurlik. Ek jok nie vir mense nie. Wat het dit in elk geval met enige iets uit te waai?"

"Dis alles maar net dinge wat ons in gedagte moet hou."

"Wat alles, . . . waarvan praat jy, Roger?"

"Ai Emma, dis sommer teorië wat ek het."

"Jy kan dit maar alles vergeet. My vriendin se lewe is 'n gemors en ek gaan alles in my vermoë doen om haar te help."

"Jy's reg. Kom ons laat dit daar. Hoe wil jy haar help?"

"Ek gaan in die hotel aanbly en net oor en weer kuier, dalk kan ek haar oortuig dat sy nie nodig het om in die nag te doen wat sy doen nie."

"Sterkte met daai een maar ek is bly jy het besluit om in die hotel te bly. Onthou om die nuwe selfoon aan jou te dra al is jy ook net hier rond."

Emma knik. "Goed, speurder Roger, ek sal. Dan voel dit darem of ek nog besig is met een of ander avontuur." Haar glimlag kom nie tot by haar oë nie.

"Mooi, dis wat ek nou positiewe denke noem. Jou ouma sou baie trots op jou gewees het."

"Of sy sou gedink het ek is besig met onheilighede."

"Dalk moet ek jou sommer ook leer wat ek al in al my speurverhale gelees het. Net sodat dit nog meer soos 'n avontuur voel."

Emma giggel. "Jy kan gerus, want ek voel klaar heelwat beter as netnou."

"Nou maar goed. Sê nou maar net jy word dalk ontvoer en . . ."

"Genade nee, Roger! Ek sê dan nou net ek voel beter."

"Dis alles deel van die avontuur Emma." Hy gaan voort. "En jy word êrens aangehou, onthou altyd dat iemand jou kan dophou of afluister al weet jy nie daarvan nie."

Sy vryf oor haar arms. "Jy maak my weer van vooraf bang."

"Luister net! As so iets gebeur moet jy verkieslik wag tot dit donker is voor jy met my kontak maak. Doen dit dan onder 'n bed of in 'n kas."

Emma se mond hang letterlik oop. "Is jy nou ernstig?"

"Doodernstig. As daar 'n kamera erens versteek is, sal hulle kan sien wanneer jy met iemand kontak maak. Al teks jy net sal hulle die lig van die selfoon sien."

Emma giggel benoud. "Gelukkig sal dit nie vir my nodig wees om enige van die goed te doen nie."

"Ek vertrou ook so en soos ek sê, dis alles sommer net bespiegelinge."

Sy kyk vies na hom. "Ek wens jy wil nou ophou met hierdie praatjies - vanaand slaap ek weer nie."

Hy vee liggies oor haar wang. "Ek is seker niks gaan gebeur nie maar net vir oulaas; onthou as ek bel en jy is in enige iemand se geselskap, noem my Mathilda, en ek werk saam met jou."

Emma giggel benoud. "Ek moet sê, Mathilda pas jou nogal. Waar werk ons?"

"Net waar jy wil. Verkieslik waar jy regtig werk. Ons wil nie vir Maryna agterdogtig maak nie."

"Ek weet nie of sy ooit weet waar ek werk nie."

"Ek dog julle is beste vriendinne?"

"Dis moeilik om te verduidelik. Dalk het ek aangevoel dat sy my hulp nodig gehad het. Jy weet mos, daai stemmetjie wat soms in jou oor fluister en dan moet jy net luister."

"Jy bedoel jou sesde sintuig?"

"Nee, *never mind*."

Hy skud sy kop. "Jy is enig in jou soort."

Sy frons gevaarlik. "Is dit 'n kompliment of 'n belediging? Sal jy jou vriende sommer net in die steek laat?"

"Ek dink ons idee van vriende verskil dalk bietjie, maar nee, ek sal nie. Ek moet nou eers teruggaan werk toe. Pas jouself mooi op, Meisie."

"Dankie, ek sal." Sy voel effens afgehaal al weet sy nie mooi waarom nie.

Hy glimlag. "Dis nie nodig om so kwaai te wees nie. Ek is net bekommerd."

"Wel moenie wees nie. Ek kan na myself kyk."

"Hmm . . ."

Sy steek vir hom tong uit en lag vir die verbasing op sy gesig. Hy hou sy hande in die lug. "Genade nee, die enigste beskrywing vir jou is 'n emosionele tornado!"

Sy lag. "En jy laat my aan 'n pot vol worries dink wat die heeltyd bietjie vir bietjie oorkook."

Hy lag saam. "Ek gee op! Kyk maar net mooi na jouself."

Sy knipoog. "Ek sal."

* * *

Nadat hy weg is, voel die kamer vir Emma te klein. Maryna bly by haar spook en sy besluit om 'n huurmotor te bel en te gaan kyk wat by haar vriendin aan die gang is. Sy wag onder en gee die adres vir die bestuurder. Naby die huis sien Emma vir Maryna op die sypaadjie saam met iemand. Emma vra die bestuurder om eers te stop. Sy sien ontsteld hoe 'n man Maryna aan haar arm beet het. Dit lyk of hulle woorde het. Die man los haar arm en gaan terug in die erf. Maryna hardloop agterna. Emma vra die bestuurder om haar terug te vat hotel toe.

Terug by die hotel val sy moeg op haar bed neer en raak aan die slaap. Teen 14h00 hoor sy hoe iemand aan haar deur hamer. Sy is baie deurmekaar en weet nie dadelik waar sy is nie. "Emma, is jy daar?" Dis toe sy Roger se stem herken dat sy opspring.

"Ja, ek kom." Sy maak die deur oop en kyk vas in Roger se kwaai gesig. "Wat is fout?"

"Dis wat ek wil weet? Ek bel en bel maar jy antwoord nie!"

Sy kyk op haar horlosie en haar oë rek. "Sjoe, ek moes in 'n diep slaap verval het. Ek het regtig nie die foon gehoor nie."

Roger vat haar hand. "Ek was net bekommerd. Ek glo jy was doodmoeg. Dalk moet jy vandag 'n paar tydskrifte kry en vanaand net ontspan."

Emma knik. Sy wonder saam met wie hy sy aand gaan deurbring. 'n Gevoel van teleurstelling omdat dit nie saam met haar gaan wees nie, maak haar ongeduldig.

Hoofstuk 4

Emma volg Roger se raad en koop vir haar 'n paar tydskrifte. Sy maak haar gemaklik op die bed en blaai rustig deur een. Sy skrik wakker met die tydskrif op haar bors en kom vervaart orent. Haar asem jaag en word eers rustiger toe sy besef die man wat haar deur die donker stegies gejaag het, was 'n nagmerrie. Dieselfde man maak meer as een keer sy verskyning deur die nag en teen ligdag is haar moeë liggaam glad nie lus om uit die bed te klim nie. Sy trek die duvet oor haar kop en weet nie wat om van die dag te verwag nie. Die verlange na Sannieshof wil haar oorweldig en dis net die gevoel dat haar vriendin haar nodig het wat haar laat besluit om eers in die Kaap aan te bly.

Die hotelkamer voel versmorend klein en laat haar hortend asemhaal. Sy staan op en doen wat sy altyd doen as sy nie verder weet nie, - sy kniel en bid ernstig. "*Ag Here Jesus, ek sit nou hier in 'n lekker gemors. Ek dink dat U my juis hiernatoe laat kom het om vir Maryna te help maar ek weet nie hoe nie. Gee my asseblief wysheid. Dankie Here Jesus. Amen. O ja, ek wil net ook vra dat U ons altwee asseblief veilig sal bewaar. Dankie. En dankie vir* Roger. Amen." Sy bly nog 'n rukkie op haar knieë en voel oortuig dat sy eers geduldig moet wag totdat Maryna haar kontak voor sy enigiets doen. Sy vat een van die tydskrifte en blaai lusteloos daardeur. Haar maag grom en dit gee haar 'n rede om uit die kamer te kom. In die eetsaal soek haar oë na Roger. Die dag strek lank en sonder enige vooruitsigte voor haar uit en sy is gefrustreerd omdat sy nie kan beplan nie. Emma eet klaar maar, gaan nie dadelik terug kamer toe nie; in die hoop dat Roger sy verskyning sal maak. Sy bestel nog koffie en toe haar selfoon langs haar lui wip sy soos sy skrik. Sy antwoord vinnig en haar hartklop versnel toe sy die stem herken.

"Hallo, Emma."

"Hallo, Roger." Sy doen haar bes om haar stem egalig te hou.

"Ek veronderstel jy is alleen."

Sy lag. "Ja, anders sou jy mos Mathilda gewees het."

Hy lag ook. "Jy is 'n goeie student. Maar ons sal aan iemand anders moet dink wanneer ons buite werksure praat. Dan moet ek dalk liewer die een wees wat na jou kat kyk. Daar is seker nou iemand wat na Bessie kyk?"

Emma is doodstil en haar gedagtes spring wild rond.

"Emma, is daar fout? Is daar iemand by jou?"

Sy antwoord afgetrokke. "Nee Roger, ek wonder net hoe jy weet wat my kat se naam is?"

Hy sug verlig. "Genade mens, jy het my nou groot laat skrik. Het jy 'n baie kort geheue of was jy regtig in so 'n skoktoestand in die vliegtuig dat jy niks kan onthou nie. Jy het my gevra om na jou kat, Bessie te kyk as jy iets sou oorkom. En jy het gesê jy het die kat na jou ouma Bessie vernoem. Onthou jy?"

Sy blaas haar asem stadig uit. "O ja, maar dis jou skuld dat ek op my senuwees is en heeltyd die ergste verwag."

"Ek is jammer as ek jou bang maak, Emma, maar probeer ten minste onthou wie die vriend en wie die vyand is."

"Ek het nie vyande nie, Roger. Maryna is die een wat gehelp moet word, nie ek nie."

Emma hoor dat 'n ander oproep wil deurkom. "Ek moet nou eers groet. Iemand anders probeer bel."

"Ons praat weer later."

"Reg so. Bye." Emma se hart klop benoud toe sy weer antwoord. Sy weet self nie hoekom nie. "Hallo."

"Hallo Emma, . . . hoekom klink jou stem so snaaks?"

"Hoe snaaks? Ek is *fine*."

"O, ek is bly want ek dink ek het een of ander virus onderlede. Jy kan nie dalk by die apteek vir my ietsie kry en hierheen bring nie? Diederik kan nie nou dadelik by die werk afkry nie."

"Maar natuurlik! Ek kom dadelik. Moet ek iets vir verkoue kry?"

"Ja, asseblief."

Sy wil vir Maryna sê dis omdat sy so skraps geklee in die aand werk dat sy verkoue het, maar sy sê: "Nou maar goed, sien jou bietjie later."

Emma is verlig dat sy nou iets het om te doen. Net voor sy by die hotel se deur uit is onthou sy van die ander foon. Sy wil dit eers los maar sien dan Roger se ernstige oë voor haar.

Terug in haar kamer versteek sy dit sorgvuldig in haar onderklere. Sy kry effens lag vir haarself toe dit voel of sy in 'n James Bond- film speel. Sy is haastig om by haar siek vriendin te kom en draf ontvangs toe om te hoor waar die naaste apteek is. Gewapen met 'n vrag medisyne klop sy later aan Maryna se deur. Sy skrik toe 'n man die deur oopmaak. "O gits, jammer. Ek't gedog jy's by die werk."

Sy word na binne gepluk en die deur gaan hard agter haar toe. Haar hartklop versnel en sy slaan in angssweet uit. Emma sien Maryna by 'n tafel sit en haar hart wil uit haar lyf spring toe sy sien hoe sy haar blou oog probeer toe hou. Histerie borrel in haar op en sy hyg. "Maryna, wat gaan aan?"

Maryna swyg en Emma beweeg sonder veel bravade tussen die man en Maryna in. "Luister hier, Meneer . . . ek weet nie wat jy met my vriendin gedoen het nie, maar dit gaan nie hier bly nie." Haar stem bewe so dat sy skaars die woorde uitkry.

Die man bars uit van die lag. "Wat gaan jy doen? Die baas slaan?"

Emma se keel trek toe. Sy probeer onthou wat haar ouma haar altyd geleer het. "My kind, jy is sterker as wat jy dink. Vir God is niks onmoontlik nie." Emma probeer dieper asemhaal om bietjie van haar kalmte te herwin maar sy bly bewe en kry nie 'n woord uit nie. Die deur gaan oop en 'n ander man kom in. Dit voel vir Emma of die vertrek te klein is vir hulle almal. Sy krimp ineen toe die tweede man haar van kop tot tone bekyk.

"Hoe lyk dit, sal sy kan werk, Sam?"

Emma herken die stem en besef nou eers die man wat die deur vir haar oopgemaak het nie Diederik is nie. Die bloed in haar slape klop wild en sy wens met alles in haar dat hierdie net nog 'n nagmerrie is wat netnou verby sal wees.

"Nee Baas, ek weet nie. As jy my vra is sy een van daai kerkmense wat 'n nul op 'n kontrak is. Selfs jou dolla is minder pret vandat hierdie een hier aangekom het."

Diederik kyk na Maryna en vryf ongevoelig oor haar blou oog. "Sy het net 'n bietjie vergeet wie haar uit die *gutters* gehaal het, of hoe my ding?" Hy gaan staan voor Emma en vat haar ken stewig vas. Hy draai haar gesig heen en weer en vryf met sy duim hard oor haar lippe. "Jy weet jy is die oorsaak van haar blou oog, of hoe?" Dit voel vir Emma of sy nie asem kry nie en sy hand gly teen haar nek af. Hy knoop haar bloes oop en Emma voel of sy gaan flou word terwyl sy wegkrimp. Hy lag hard. "Ek dink tog hier is potensiaal. Daar is 'n paar onnosel manne met baie pitte wat van die onskuldige *look* hou."

Emma is naar en toe haar foon in haar handsak lui soek sy wild daarna. Diederik gryp haar sak en gooi die inhoud op die tafel uit. Die foon hou op met lui. Hy vat die foon en sit dit in sy sak. "Jy het dit nie die meer nodig nie."

Emma se wange is nat en sy kyk hulpsoekend na Maryna wat na haar eie voete staar. Diederik se stem is hard toe hy met Maryna praat. "Moet mens hier smeek vir kos? Maak jouself handig, ek is honger!"

Maryna staan vining op. Emma staan styf teen die muur en bid dat sy met die verf kan saamsmelt. Sy smeek God in haar gedagtes om haar asseblief uit hierdie nagmerrie te verlos, vir haar en Maryna.

Diederik se stem onderbreek haar gedagtes. "Hoe lyk dit, Dol? Sal jy iets met haar kan uitrig."

Emma druk haarself nog platter teen die muur. Toe hy nader kom voel sy hoe haar bors toetrek en sy sukkel om asem te haal. Sy grillerige vet vinger draai om een van haar krulle en gaan weer soekend na haar bloes. Emma sak stadig af grond toe en Diederik lag hard. "Die haarstyl sal beslis moet verander."

Maryna antwoord sonder om op te kyk. "Dis reg."

Emma bly op die grond sit tewyl sy na die doodsheid in haar vriendin se stem luister. As sy nie te bang was om te beweeg nie sou sy haar hande oor haar ore gedruk het. Sy wens sy het Roger laat weet dat sy hierheen kom, maar net die gedagte aan hom bring tog bietjie hoop en kalmte. Sy glo vas die Here het hom oor haar pad gebring en dat hy na haar sal kom soek. Emma voel Sam se oë op haar en toe sy opkyk is sy seker dit is hoe 'n roofdier lyk voor hy sy prooi verslind. Sy trek haar asem skerp in en Diederik volg haar blik.

Hy lag hard. "Sam, vergeet dit. Jy het nie genoeg geld nie." Sy oë draai terug na Emma. "Kom sit op hierdie stoel vroumens, voordat ek tog vir Sam 'n happie van jou gee."

Emma dwing haarself regop en gaan sit op die stoel. Sy voel hoe Sam se oë haar volg. Maryna gee vir die mans kos en Sam verslind syne barbaars. Emma kry koue rillings en knyp haar oë styf toe. Sy begin woordeloos bid. Haar foon lui in Diederik se sak en hy druk dit dadelik dood. Emma luister hoe hy vra: "Is jy seker sy het niemand spesiaal nie, Dol?"

"Dis wat sy gesê het."

"Nou wie is so dringend op soek na jou, Pop?"

Emma doen haar bes om hoorbaar te klink. "Dis seker my werk, of die vrou wat na my kat kyk."

Diederik lag hard. "Het jy 'n pappegaai ook?"

"Nee." Emma weet niemand kon die sagte antwoord hoor nie maar dit lyk nie of iemand regtig omgee nie.

* * *

Rodger sit in sy kantoor en sy gedagtes is nie by dit waarmee hy besig is nie. Hy praat skielik hardop: "Daar's fout!"

Pieter, sy kollega, kyk op. "Waarvan praat jy, ou? Jy lyk nog die hele dag soos iemand wat stoei met iets. As ek nie van beter geweet het nie sou ek raai jy't probleme met 'n meisie."

"Ag man, jy's simpel."

"Nou toe, uit daarmee. Dalk kan ek help. Is dit geldelike probleme?"

Roger lag. "As jy dan moet weet, my niggie het vir 'n vriendin kom kuier maar ek vertrou nie die vrede nie."

"Hoe so, is die niggie 'n probleemkind?"

Roger skud sy kop. "Jy's te lank in die polisie. Nie alle mense is probleme nie. Sy antwoord nie haar foon nie en ek sweer sy het dit nou net doodgedruk."

"Dalk wil sy vir jou sê jy moet haar uitlos. Sy het dalk 'n oulike ou ontmoet en is nie nou lus vir haar lastige neef nie."

Roger vervies hom vir sy kollega. "Ek sê jou daar is iewers fout."

"En ek sê jou sy lê in die bed en boek lees, skoon van jou en haar foon vergeet."

"Ek sê dan vir jou sy het die foon doodgedruk." Roger vererg hom vir Pieter se geamuseerde laggie. Hy verstaan ook nie hoekom hy vir Pieter gejok het nie.

"Is jy seker dis jou niggie, ou?"

Roger sug. "Ek het belowe om 'n ogie oor haar te hou."

"Hoe oud is sy?"

"Seker so vier-en-twintig."

"Wat! Maar dan kan sy mos na haarself kyk. Jy is self skaars dertig."

"Ek is dertig en sy kom van die platteland af, Pieter. In elk geval het ek gesê ek sal 'n ogie oor haar hou. Ek wens net ek het geweet hoe die vroumens se kop werk."

Roger sien hoe Pieter hom uitstrek en hy weet hier kom 'n lesing. "Ek en Annamarie is al meer as twee jaar getroud en ek weet nog steeds nie hoe haar kop werk nie. So wat is die kanse, my vriend?"

Roger lag vir Pieter se ernstige gesig. "Is vrouens regtig so ingewikkeld?"

"My maat, as jy maar net weet! Hulle sê een ding en bedoel dan eintlik presies die teenoorgestelde en net as jy dink dit is dan eintlik die teenoorgestelde wat hulle bedoel, was dit eintlik presies wat hulle gesê het wat hulle bedoel het. So dis die heeltyd 'n raai-raai speletjie en glo my, jy raai gewoonlik verkeerd."

Roger sê smalend. "Dit is presies hoekom ek nog *single* is en gaan bly. Ek het nie krag vir al daai nonsies nie. So jy dink Emma is besig om haarself te geniet en het nie 'n saak met die res van die wêreld nie."

"Dit is presies wat ek dink. Sy het skielik besef sy is in die Kaap en sy en die vriendin is besig om van winkel na winkel te drentel. Ek sê jy wag tot vanaand en besluit dan wat om te doen."

"Nou maar goed. Waar het jy jou vrou ontmoet?"

""n Skoolliefde, kan jy glo."

"Nee, nie regtig nie. Ek het gedog jy het die wêreld platgereis na skool op soek na die regte een."

"O, maar ek het, net om uit te vind daar is nie nog 'n meisie soos Annamarie in die hele wêreld nie, en dit reg op my voorstoep."

Roger lag. "So julle ken mekaar van skool af en jy verstaan haar nog steeds nie. G'n wonder huwelike hou nie."

"Nee wat, man. Mens moet sekere dinge maar net aanvaar. Jy moet byvoorbeeld nie altyd reg wil wees nie. En al is jy, moet jy maak of sy reg is."

"En sy?"

"Sy doen net wat sy wil."

Roger lag uit sy maag. "Ek dink nie ek sal ooit reg wees om 'n vroumens se nonsens op te vreet nie."

Hulle werk verder in stilte en na 'n uur staan Roger op. "Ek is nou vrek honger. Die hotel waar ek bly maak die lekkerste steaks."

Pieter sug en staan ook op. "Nou praat jy, dit voel hoeka of my maag 'n jaar laas kos gesien het. Is jy seker jy wil nie vra vir 'n oorplasing hier na ons toe nie? Ek kan sien ons sal kan saamwerk."

"Nee dankie, hierdie weer van julle sal my depressief maak. Om af en toe te kom uithelp met 'n saak is genoeg vir my, dankie."

* * *

Emma word een met haar stoel, sy haal skaars asem. Dis eers toe Diederik klaar eet en hard 'n wind opbreek, dat sy geskok opkyk.

Hy lag. "Ag verskoon tog, dame."

Sam lag hard en Maryna hou haar besig met die skottelgoed. Diederik gooi Maryna met 'n vuil lap en sê: "Jy moet wikkel, ek wil ry en jy moet nog iets aan die vroumens gaan doen. Ek wil nie kanse vat nie. Niemand moet haar herken wanneer ons haar hier uitvat nie."

Dit voel vir Emma of die laaste bietjie lug uit haar longe gedruk word en sy snak na haar asem. Haar hoop dat Roger haar hier sal kry verdwyn. Haar oë soek wanhopig na die van Maryna en sy besluit om haar te smeek om haar te help ontsnap sodra hulle alleen is.

Diederik praat met Sam. "Vat hulle kamer toe en bly by hulle."

Emma voel of sy gaan flou word. Toe hulle verby Diederik loop vat hy Maryna se ken tussen sy duim en wysvinger en sy lippe beweeg hard oor haar gesig. "Ons twee sal weer bietjie moet gesels. Onthou jy bly my spesiale dol, al leen ek jou soms bietjie uit."

Emma se binneste ruk. Sy sien hoe Maryna probeer glimlag en haar hart gaan uit na haar vriendin. Sam stamp haar voor hom uit. In die kamer wys Maryna na 'n stoel en Emma gaan sit sonder om iets te sê. Maryna pluk 'n laai oop en haal serpe, pruike en donkerbrille uit. Toe sy klaar is hou sy 'n spieël voor Emma. Emma staar na die vreemde beeld wat na haar toe terugkaats. Sy besef benoud dat dinge al hopeloser word. Sy probeer Maryna se blik vaspen in die spieël maar dis verniet. Sam sit op die bed en sy oë los hulle nie vir 'n minuut uit nie. Diederik kom staan in die deur. "Hoe ver is julle, ons het nie heeldag tyd nie."

Maryna antwoord sonder om haar kop op te lig. "Ons is klaar."

Hy kyk na Emma, "Nie sleg nie. Nou jy."

"Ekskuus? Maar . . ."

Diederik trek haar teen hom vas en sy hande streel hard oor haar liggaam. Emma sien verbaas hoe Maryna soos klei in sy hande word. Dit walg haar en sy kan aan geen verskoning vir haar vriendin se gedrag dink nie. Diederik stoot Maryna eenkant toe en Emma sien die uitdrukking van oorwinning in haar vriendin se oë. Sy weet nou dat sy nie op haar vriendin kan reken nie en 'n magtelose gevoel oorweldig haar.

Diederik se stem dring tot haar deur toe hy met Maryna praat. "Mens weet nooit wie julle saam gesien het nie."

Maryna knik. "Seker nie."

Emma voel verraai. Sy sien hoe Maryna voor die spieël sit en haar voorkoms verander. Sy is amper bly, want die Maryna wat sy hier in die Kaap leer ken het is glad nie die persoon van Sannieshof nie. Emma dink hartseer aan Maryna onder die straatlig. Haar keel voel dik van die trane wat sy inhou, ook oor Roger wat sy nie weer sal sien nie.

***

By die hotel stap Roger en Pieter na die eetsaal toe. "Pieter, bestel solank vir my *steak* en *chips*. Ek wil net gou iets in my kamer kry."

Roger gaan direk na Emma se kamer en klop aan die deur. Daar is nie antwoord nie. Een van die skoonmakers kyk nuuskierig na hom. "Sy is vanoggend haastig hier uit."

"Was sy alleen?"

"Ja, lyk darem nie of sy 'n ander kêrel het nie."

Roger glimlag toe die vrou skelm vir hom knipoog en hy antwoord. "Dis goeie nuus."

Terug in die eetsaal vra hy vir Pieter. "Het jy al bestel?"

"Nee jong, die kos mag dalk lekker wees, maar die diens is pateties."

"Dis goed, want Emma is nie in haar kamer nie. Ek dink ons moet eers 'n draai gaan maak by die huis waar haar vriendin bly."

"Wat? Ek dog jy sê sy bly by die vriendin?"

"Ek het gesê sy het by 'n vriendin kom kuier maar sy bly ook in die hotel."

"Arme jy, die familie het jou swaar belas. Ek is honger, my ou. Kan ons nie net eers iets eet nie?"

"Ai, Pieter? As hulle nou nog nie eers jou bestelling kom vra het nie, hoe lank dink jy gaan ons wag vir die kos. Ons sal êrens anders iets kry om te eet. Iets voel net nie vir my reg nie."

Pieter sug. "Wat wil jy doen? By haar vriendin gaan klop en hoor of sy daar is?"

"Nee, net eers verby ry en kyk of ons hulle nie buite sien nie. Dalk kuier hulle êrens in die tuin. Ek wil dit darem nie vir haar ongemaklik maak nie."

"Nou maar goed, ons kan seker êrens 'n *take-away* kry."

"Dis wat ek ook gedink het."

"Gmf. Jou gedagtes verander darem baie skielik."

"Ja, ja."

"Hoekom kan die lewe nie meer ongekompliseerd wees nie. 'n Man kan nie eers meer eet as hy honger is nie."

Roger lag. "Mens sal sweer die lewe draai net om eet."

"*Pretty much.*"

* * *

Die vier wat die erf verlaat lyk nes enige ander paartjies. Diederik loop styf langs Emma ingehaak en Sam en Maryna loop net agter hulle. Diederik praat by Emma se oor: "Jy beter jou gedra. As jy iets simpels probeer sal Sam jou vinnig laat verdwyn. Jy sal nie die eerste wees nie."

Emma knik, haar oë soekend in die hoop dat Roger êrens buite wag. By die motor maak Diederik die agterste deur vir haar oop. Sy skuif deur na die anderkant om vir Maryna plek te maak maar die deur word toegemaak. Maryna klim voor in by Sam. Emma hoor hoe Diederik met haar praat. "Ek wil nie moeilikheid hê nie." Sy sien hoe Maryna inmekaarkrimp toe hy haar hard in haar sy knyp.

Emma weet nie hoeveel sy nog kan hanteer nie. Sy staar by die motorvenster uit en probeer onthou hoe hulle ry. Dit gee haar iets om te doen. Die kopdoek skuif effens van haar hare af toe sy met haar kop teen die venster leun. Sy wonder hoekom niemand sê dat sy moet plat lê nie, maar onthou dan dat almal glo sy ken niemand hier behalwe vir Maryna nie.

* * *

Roger wens dat hy alleen was toe hulle na Emma soek. Dit voel vir hom of Pieter net in die pad gaan wees.

Pieter vra: "Het jy nie 'n foto van Emma nie. Dit sal help om te weet waarna ons soek."

Die aanhoudende geklik van die pen waarmee Pieter speel irriteer Roger, maar hy sê niks. "Ongelukkig nie. Sy het 'n bos bruin krulhare met ligte strepe tussenin. Dis al wat ek nou kan dink wat sal uitstaan as jy haar sien."

Pieter kyk na sy vriend. "Jy moet ontspan, Roger. Ek is seker sy is *okay*. Jy is heeltemal te *tense*."

"Jy ken duidelik nie hierdie emosionele tornado nie. Mens weet nooit wat sy gaan aanvang nie."

"Gelukkig is sy jou niggie en nie jou meisie nie, anders het sy jou dalk platgevee met die aarde as jy in haar pad kom."

Roger se kop ruk skielik na agter en hy ry amper op die sypaadjie. "Dis sy! Ek is doodseker daarvan!"

"Waar?"

Hy draai vinnig links en nie lank nie of hulle ry in die teenoorgestelde rigting as waarmee hulle gekom het. Pieter kyk rond. "Waar is sy, ek het niemand met krulhare gesien nie. *In fact* ek het niemand gesien nie."

"Hulle het verby ons gery, nou net!"

"Is jy seker? Het jy haar herken?"

"Ek is redelik seker die vrou wat agter in die motor gesit het is Emma. Daar was net iets aan haar."

"Wel, ek hoop jy's reg sodat jou siel tot rus kan kom. Ten minste is dit goeie nuus as sy regop in die motor gesit het. Dink jy ons sal darem vandag nog iets kry om te eet?"

"Genade Pieter, kan jy aan niks anders as kos dink nie? Jy het in elk geval genoeg om jou middelrif om te keer dat jy gou sal omkom."

Pieter vryf oor sy maag. "Hierdie kom nie sommer vanself nie, ou maat. Mens werk daarvoor. Dink jy sy het jou gesien - as dit sy is bygesê?"

"Ek weet nie. Dit was te vinnig." Hy wys skielik na voor in die pad. "Daar! Daar's die motor!"

"Kom ons hoop jou sesde sintuig werk so goed soos altyd en dat jy nie net sien wat jy graag wil sien nie."

"Ek hoop self so."

'n Hond kom van nêrens en hardloop voor die motor in. Diederik is genoodsaak om te stop. Kinders gil en 'n histeriese vrou kom met swaaiende arms aangehardloop. "Kan jy nie kyk waar jy ry nie? My arme, Fielies."

Roger probeer nog kyk waarheen die motor ry, maar tussen die chaos deur het dit weer verdwyn. Fielies is 'n bullterriër wat blykbaar net rakelings deur die motor getref is, want dit lyk nie of hy enigiets oorgekom het nie. Roger en Pieter gee hulle selfoonnommers vir Fielies se eienaar voor hulle verder ry. "Indien dit lyk of die hond wel enige skade het, laat ons asseblief weet."

* * *

Emma is in 'n maalkolk van moedeloosheid vasgevang. Sy weet sy moenie hoop verloor nie, maar hoe verder hulle ry, hoe meer lyk alles dieselfde. Daar is geen uitstaande bakens wat sy vir Roger kan beskryf as hulle sou kontak maak nie. Die gedagte aan hom is soos 'n reddingstou wat na haar uitgegooi word, maar die hopeloosheid van haar situasie keer dat sy dit vasgevat kry. Dit voel asof hulle in 'n doolhof ry. Straatname is nie duidelik nie. Sam hou haar in die truspieëltjie dop en sy ril toe hy vir haar knipoog. Sy kyk na Maryna maar dit lyk nie of sy enigsins 'n saak het met wat om haar aangaan nie.

Hopeloosheid vou soos 'n dik, swaar kombers om Emma. Sy voel sy gaan versmoor en sy het geen beheer daaroor nie. Sy dwing haarself om op die pad te fokus. Al wat die eentonigheid van die huise afwissel is ’n park hier en daar, maar ook dit lyk later dieselfde.

Sam se stem dwing haar gedagtes terug na die werklikheid. “Lê plat. Jy is heeltemal te nuuskierig.”

Maryna sê: “Regtig, Sam? Dit is nie asof iemand na haar gaan kom soek nie?”

Sam verwerdig hom nie eers om haar te antwoord nie. “Ek sê jy moet plat lê!”

Emma gehoorsaam onwillig, gedagtig aan die pistool in sy sak. Na wat soos ’n ewigheid voel, stop hulle uiteindelik.

Emma hoor Sam sê: “Gaan kyk of alles reg is daar binne.”

Maryna se deur gaan oop. Emma haal vlak asem, haar grootste vrees op die oomblik is om alleen saam met Sam in die motor agter te bly. Sy maak haar so klein moontlik op die sitplek maar dit lyk nie of Sam planne het nie. Sy sug verlig toe die deur weer oopgaan en Maryna sê: “Dis veilig!”

Hulle klim uit en Emma kyk vinnig rond. Behalwe vir ’n oop stuk veld aan die ander kant van die pad, is daar niks uitsonderliks nie. Sam kry haar aan haar arm beet. “Kom, ons het nie heeldag tyd nie.”

Daar is niemand in sig wie se aandag sy kan trek nie. Die huis is agter in die erf en toegegroei met plante. Dis skaars sigbaar van die pad af. Emma se moed sak nog dieper in haar skoene.

Hoofstuk 5

Roger kyk omgekrap rond. "Hoe de ongeluk gaan ons hulle kry? Het jy gesien waarheen hulle ry?"

"Nee, maar ons weet darem ons soek 'n silwer BMW."

"Wat defnitief nie oop en bloot vir ons gaan wag nie, Pieter. En ons het ook nie sy registrasie nommer nie."

"Kalmeer, ou maat, ons weet nie eers of ons besig is met 'n saak nie. Vir al wat ons weet sit die dames elkeen met 'n glasie wyn in die hand en kuier 'n hond uit 'n bos. Hoekom is jy so *tense*?"

"Nou maar goed, die saak staan eintlik so." Roger verduidelik so volledig en kort as moontlik vir Pieter wat regtig aan die gang is. Hy voel skuldig toe hy die ongeloof op Pieter se gesig sien.

"Ek glo dit nie. Na al die kere wat ons al saam gewerk het lieg jy wragtig vir my. Dit kan net een ding beteken. Jy voel iets vir die vroumens."

Roger vererg hom vir Pieter. "Dis presies hoekom ek jou nie wou vertel nie. Ek het geweet dis wat jy gaan dink. My en haar paaie het gekruis en ek glo daar is 'n rede voor. Hoekom anders sou sy nou juis langs my op die vliegtuig sit en daarna in dieselfde hotel beland as ek? Hoe verduidelik jy dit?"

Pieter lag. "Wel, ek hoop dat wat die rede ook al is, jy haar kry. Ek kan sien dit is belangrik vir jou."

"Dit is omdat ek regtig vermoed sy is in die moeilikheid."

"Ons sal hulle weer kry. Jy het mos gesê jy het vir haar 'n ekstra foon gegee om by haar te hou. En sy klink vir my na iemand wat sal kan kophou solank sy op die grond en nie in die lug nie." Hy lag. "Al is dit ook omdat sy gedurig in kontak met haar ouma is."

Roger lag. "En behalwe dat sy met haar ouma praat, bid sy ook graag kliphard."

"*Weird*. Dalk moet ons teruggaan na waar haar vriendin bly, dit kan wees dat hulle nog daar is. Dis nie te sê dat sy in die BMW was nie."

"Dalk."

"En as ons verby 'n eetplek ry, stop ons gou."

Roger kry lag vir die pyntrek op Pieter se gesig. "Reg, ek skuld jou."

"Dit is nie 'n leuen nie. Ek het 'n advertensie bord gesien wat wys daar is 'n Pizza plek so 'n paar kilometer vorentoe."

"Nou toe, dit help ook nie ons is flou teen die tyd wat die aksie begin nie."

"Nou praat jy."

"Kyk solank op Google maps waar is die naaste eetplek. Mens weet nie hoe oud was daai advertensiebord nie."

Pieter vlieg amper deur die venster toe Roger skielik rem trap.

***

Emma kry die een koue rilling na die ander toe hulle die huis binnegaan. Dis koud en ruik na muf. 'n Gevoel van onheil laat die hare op haar arms regop staan en sy vryf daaroor. Sy wip soos sy skrik toe Sam langs haar praat. "Jy moet sê as ek jou bietjie warm moet maak, Pop."

Maryna se stem slaan soos 'n sweepslag deur die lug. "Jy beter jou gedra, Sam! Diederik het jou al gewaarsku!"

"Ag *shut up*, vroumens. Of is jy dalk jaloers vir 'n bietjie aandag van Sam?"

Emma sien Maryna moet haar inhou om hom nie te lyf te gaan nie en dit gee haar bietjie hoop. Maryna sit ligte aan so ver soos hulle loop en Sam begin dadelik deur die kaste krap in die kombuis. Emma en Maryna stap sitkamer toe.

Maryna vra: "Wat het jou besiel om Kaap toe te kom? Ek weet ons was eens op 'n tyd goeie vriendinne, maar daarna het ons so lank nooit kontak gehad nie. Ek verstaan nie, en met 'n vliegtuig?"

Emma se mond gaan oop en weer toe. Dit klink vir haar amper na 'n beskuldiging. Sy haal diep asem en hou haar stem egalig. "Ek wou vir jou kom kuier. Kort na my ouma se dood het jy my eenkeer gebel en dit het ontsettend baie vir my beteken. Dit het gevoel asof niks ooit tussen ons verander het nie."

Maryna skud haar kop. "Maar ek het nie eers geweet jou ouma is dood nie. Ek weet tot vandag toe nie hoekom ek jou gebel het nie."

"Wel, vir my het dit gevoel of ons nog *connected* is. Dis hoekom ek vir jou 'n geskenkie wou stuur vir jou verjaarsdag en jou adres gevra het."

"Ek het gewonder hoe jy my opgespoor het."

"Wel, nou weet jy. Het jy darem die persent gekry?"

"Ja dankie. Die boekie lê daar êrens in die huis."

"Klink nie of jy dit gelees het nie."

"Ek gaan nie vir jou jok nie, dis nie my tipe leesstof nie."

"*Fair enough*, smaak verskil."

"En mense verander." Emma sien Maryna frons. "Jy was altyd die slim, soet een. My punte was nooit goed nie en ek het gereeld skool geslip. Hoekom wou jy met my vriende wees op skool?"

"O so! Jy was maar altyd 'n moeilike enetjie." Albei skrik vir Sam se harde stem.

Maryna kyk vies na hom. "Dit het niks met jou te doen nie. Jy't seker nie eers matriek gemaak nie."

Sam storm op haar af en net voor sy hand haar wang tref bedwing hy hom. "Natuurlik het ek matriek. Ek het ook glad nie sleg gedoen nie."

Emma luister geskok na haar vriendin. "Seker in 'n verbeteringskool."

Sy kyk smekend na Maryna. "Maryna, wil jy nie asseblief vir my wys waar die badkamer is nie?"

Maryna staan op en loop voor Emma uit. In die gang vra Emma: "Is jy nie bang vir hom nie?"

Maryna lag. "Niemand lol met die baas se meisie nie."

Emma wens hulle kan hulle gesprek van vroëer hervat. "Ek wou nie regtig badkamer toe gaan nie, ek wou net uit die sitkamer kom."

Sy word deur Maryna by een van die kamers ingestoot. "Jy slaap hier. Ek slaap net 'n entjie verder."

Emma wil nie hê Maryna moet loop nie. "Hoekom wou jy juis Kaap toe kom?"

"Die Kaap het altyd vir my baie ver geklink en ek wou sover moontlik wegkom van alles in Sannieshof. Ek het reeds van jongs af vir my 'n bankrekening oopgemaak om te spaar. Ek het die duur geskenke van my pa verkoop en van sy geld gesteel en in my rekening gesit. Ek het 'n hele ruk lekker hier gelewe."

Emma vra sag. "En toe raak die geld op?"

"Ja, en werk is skaars as mens nie kwalifikasies het nie."

"Wat het jy toe gedoen?"

"Ek moes uit die losieshuis trek waar ek gebly het. Mense is net *nice* as jy kan betaal. Sypaadjies het my tuiste geword en dis waar Diederik my gekry het."

"Hoe het dit gebeur?"

"Hy het, een van die baie aande wat ek flou geword het van totale uitputting en honger, my gesien. Hy het my opgetel, na sy huis toe gevat en van daar af vir my gesorg."

Emma kyk hartseer na Maryna. "Ai vriendin, ek is seker as jy my gesê het, sou ek jou kon help?"

Maryna lag. "Hoe? Ek was in elk geval bang my pa sou uitvind waar ek is. En boonop kon ek nie my geluk glo toe so 'n fantastiese man hom oor my ontferm nie. Hy't my oor en oor verseker dat ek nooit weer honger sal wees nie en my vertel van die wolwe wat meisies verkrag en verkoop. Ek het na 'n ruk weer soos 'n mens begin lyk en voel en was nog nooit weer honger of dakloos daarna nie."

Emma hoor geen vreugde in haar stem nie. "En dit is vir jou genoeg?"

"Jy sal dit nie verstaan nie, Emma. Ek is baie dankbaar vir alles wat hy vir my doen."

Emma wil nie nou die gemeensaamheid tussen hulle bederf nie maar sy kan nie help om te vra, "En het hy al ooit enige iets van trou gepraat?"

Maryna lag sinies. "Jy's regtig oudtyds, Emma. Hy het my oortuig dat hy my liefhet en dis genoeg vir my. Hy sorg ook dat ek nooit sonder my *happy*pilletjies is nie."

Emma vra geskok: "Bedoel jy hy voorsien jou van dwelms?"

"Jy kan dit noem net wat jy wil, maar dit maak die lewe draaglik."

"Hoekom het jy pille nodig om die lewe draaglik te maak as Diederik jou gelukkig maak, Maryna?"

Maryna kyk kwaai na haar. "Ek't mos gesê jy sal nie verstaan nie."

Emma vra bekommerd: "Kan jy nog sonder die pilletjies klaar kom?"

Maryna haal haar skouers op. "Ek hoef nie, hy sorg dat ek dit kry sonder dat ek hoef te vra."

"Jy het nog nie vir my gesê waar jy werk nie?"

"By 'n bekende nagklub. Diederik het vir my die werk gekry." Haar stem klink vir Emma dood.

"Solank mens net jou werk geniet." Sy kyk ondersoekend na Maryna.

Daar is 'n harde glimlag om Maryna se mond. "Soos enige werk, het dit sy voor- en nadele. Diederik sê dis die soort werk wat meisies soos ek - wat nie kwalifikasies het nie, maar wel die nodige *looks* het, doen. Verstaan jy?" Emma kry die idee dat Maryna nou moeg is om speletjies te speel en met die waarheid wil uitkom.

"Ja, ek verstaan." Emma se stem is sag.

"Ek het lank na werk gesoek, Emma. Niemand wou vir my werk gee nie."

"Genade Maryna, daar is beslis ander opsies."

"Diederik het belowe dat ek net vir spesiale kliente uitgehou sal word."

Emma hoop nie die walging wat sy voel wys in haar gesig nie. "En het hy woord gehou?"

"Aan die begin."

"Maryna, hoe kan jy tevrede wees met hierdie lewe? Ek verstaan dit nie."

"Mens kan vrede maak met enige omstandighede Emma en hoe vinniger jy dit besef, hoe beter."

Emma skud haar kop heftig. "Jy glo nie regtig dat ek by hierdie speletjie gaan betrokke raak nie?"

"Jy het nie juis 'n keuse nie, my liewe vriendin. En daar is darem *perks* ook as die kliënte tevrede is met jou. Soms kry jy mooi onderklere en duur parfuum. Dis net die geld wat jy vir Diederik moet gee."

Emma is seker Maryna probeer haar skok en sy skud haar kop. "En soms kry jy 'n blouoog in die proses."

Maryna se oë vernou. "Dit was jou skuld."

Emma wil nog iets sê toe Sam sy verskyning maak. "Genugtig, jy het dan nog niks met haar gedoen nie. Diederik het gesê jy het nie baie tyd nie. Jy weet tyd is geld."

"Het hy vir jou pilletjies gegee om haar rustig te maak."

"Ja, en gesê ek moet sorg dat jy dit nie drink nie."

Emma sien hoe Maryna 'n gedaanteverwisseling voor haar oë ondergaan. Sy raak skielik kruiperig en haar stem drup van die stroop. "Kom nou, Sam. As jy dit vir my gee begin ek dadelik."

Sam lag met omkrul lippe en toe Maryna na die pille in sy hand gryp vang hy haar hand en draai haar palm na bo. "Hier is een vir haar. As jy sukkel om dit in haar mond te kry sal ek graag help." Hy los haar hand.

Emma kyk verbaas hoe Maryna aan Sam se arm hang. "Komaan, Sam. Jy weet goed hy gee vir my ook altyd."

"Wat gaan jy vir my maak om te eet vanaand?" Hy hou die pilletjie in die lug sodat Maryna dit nie kan kry nie.

Maryna spring op en af voor hom maar hy stoot haar weg. "Asseblief Sam. Wat wil jy hê? Ek sal gaan kyk wat is in die yskas."

"Ek hoop daar is steak en bier!"

Sy hardloop kombuis toe en is vinnig weer terug."Hier's niks! Ek sal vir jou gaan kry!" Emma hoor aan haar stem dat sy na aan trane is.

Sam se foon lui en sy hele houding verander. "Ja baas, alles is reg. Natuurlik weet ek om my hande tuis te hou.

Ek het haar pilletjie ook vir haar gegee." Hy hou dadelik sy hand na Maryna uit wat dit vinnig gryp.

Emma voel of sy na een of ander goedkoop sepie kyk waarvan die rolverdeling heeltyd verander en toe Sam klaar is op die foon, sê Maryna, "Gaan kry vir jouself kos!"

Sam laat smalend hoor "Jy moet die baas se aandag geniet terwyl jy dit het. Hy hou van verandering." Emma krimp ineen toe sy oë oor haar streel en hy oor sy lippe lek.

Maryna se oë skiet vuur. "Jy gaan nog jammer wees, jou sot!"

Emma kyk magteloos hoe Maryna dadelik die pil in haar mond steek. Maryna se oë is kliphard wanneer sy na haar kyk.

Sam lag uitdagend. "Verbeel ek my of het jy kompetisie gekry?"

"Hy't nog nooit van die onskuldige tipe gehou nie." Emma voel eensaam toe Maryna minagtend na haar kyk.

Sam sit sy vinger onder Emma se ken. "'n Man se smaak kan verander."

"Gaan vrek! Hy het my lief!"

"Het hy?"

Emma luister hoe hulle van haar praat asof sy nie daar is nie. Sy skryf Maryna se buie aan die dwelms toe. Sam gaan haal 'n kombuisstoel en maak vir Emma aan die stoel vas.

Maryna gil. "Vir wat doen jy dit!"

"Ek maak net seker jy sê nie later sy het ontsnap nie. Met jou weet mens nooit. Onthou om haar pil vir haar te gee."

Maryna antwoord hom nie. Toe Sam uit is kyk sy na Emma. "Gaan jy jou gedra of moet ek water gaan haal vir die pil."

"Ek sal my gedra, jy kan myne maar kry."

Maryna steek dit ingenome in haar sak. Emma kyk smekend na haar. “Maryna, ek verstaan nie wat met jou gebeur het nie. Daar buite is soveel kanse. Jy kan weer ’n normale lewe lei. Ek sal jou help.”

Maryna lag. “Jy kan jouself nie eers help nie, hoe dink jy gaan jy my help? En wat’s in elk geval normaal?”

“Om te doen wat jy wil, wanneer jy wil. Om vir jouself te kan dink. Om dinge te doen wat gesond en lekker is. Maryna, asseblief, ons kan polisie toe gaan en dan verdwyn ons. Daar is plekke waar hulle ons nie sal kry totdat hulle in die tronk is nie. Ek sal vir jou sorg totdat jy vir iets gekwalifiseer is.”

“Jy’t nie ’n idée waarvan jy praat nie. Hierdie tipe mense word nie gevang nie. Daar’s nie ’n plek op hierdie aarde waar hulle ons nie sal kry nie en in elk geval, vertrou Diederik my.”

“Hy het jou nie lief nie, Maryna?”

Emma se oë traan toe Maryna hard aan een van haar krulle pluk voor sy dit afsny en grond toe laat val. “Wat weet jy van liefde of swaarkry, Emma. Jy weet niks!”

Emma sluk. “Nou maar goed, ek erken ek het nog niks soos jy deurgemaak nie, maar ek is definitief seker dat jy op enige ander plek beter sal doen as hier.” Emma kyk rond in die muwwerige kamer. “En wat jy doen is nie werk nie, Maryna. Jy verkoop jou liggaam.”

Maryna pluk weer aan haar hare en ’n steekpyn skiet deur Emma se kop. “My werk is presies dieselfde as enige ander werk.” Sy lag bitter. “Jy sal sien.” Emma kyk na haar in die spieël toe sy haar krulle tussen haar vingers laat deur gly. “Weet jy hoe het ek nog altyd jou hare begeer.”

Emma is opreg verbaas. “Hoekom, mens kan niks daarmee doen nie. Jy hoor dan Diederik sê jy moet probeer om iets daarmee te doen.”

"Ek wens net ek het geweet wat hy bedoel." Emma hoor 'n gelatenheid in Maryna se stem wat nie voorheen daar was nie en sy wonder of dit die pilletjie is wat begin werk.

* * *

Pieter kyk vererg na Roger wat skielik tot stilstand kom. "Genade, waar het jy jou lisensie gekry? Wil jy ons verongeluk?"

"Skuus, maar kyk wat staan daar in die pad."

Pieter lag selfvoldaan. "Wat het ek jou gesê! 'n Silwer BMW, oop en bloot! Hulle het dus net iemand kom besoek en en sit nou luilekker en wyn drink."

"Lyk my jy is reg. Wat kan ek sê?"

"Jammer sal in orde wees. Ek is seker jy sal haar vanaand sien en dan kan sy jou al die vervelige *detail* gee."

Roger is nog nie oortuig nie, maar sê: "Hoe dit ook al sy, dit maak nie regtig saak nie. Waar is die naaste eetplek? Kon jy iets kry?"

"Jip, net hier voor om die draai." Roger kyk na Pieter wat so opgewonde klink soos 'n kleintjie wat gaan roomys kry.

"Nou ja, kom ons gaan kry vir jou iets voor jy dood neerslaan."

"So, is dit nou dit? Gaan ons nie kyk wat daar binne aangaan nie?"

"Nee, jy sê dan hulle sit nou lekker en drink wyn. Is jy honger of nie?"

Hulle ry verby die BMW en gaan kry pizzas voor hulle terug ry kantoor toe. Na werk besluit Roger om terug te ry na die plek waar hulle die BMW gesien het. Emma het nog steeds niks van haar laat hoor nie en hy voel geensins gerus nie. Hy is ook nie verbaas toe die voertuig nog op dieselfde plek staan nie. Hy ry verby, stop in die volgende straat en gaan by die erf langsaan in. 'n Ouerige man maak die deur oop toe hy klop. "Dag, kan ek help?"

Roger steek sy hand uit. "Ek hoop so, Meneer. Ek is opsoek na 'n huis in 'n stillerige buurt en het gewonder of jy nie weet van iets wat hier rond beskikbaar is nie?"

"Jy moet dalk langsaan gaan hoor. Ek sien daar is vandag weer mense, maar die huis is gewoonlik leeg. Ek en my vrou het nou die dag weer gepraat oor die vreemde gewoontes van die mense."

"Hoe bedoel u?"

"Nee jong, mens sien hulle nooit nie. Mens hoor net bedrywighede in die aand."

"Bedoel u hulle raas in die aand? Partytjies?"

"Nie soseer raas nie. Mens hoor maar net voertuie wat kom en gaan."

"U weet nie dalk aan wie die plek behoort nie?"

"Nee, ongelukkig nie. Die erf agter hulle word ook nie bewoon nie, maar ek dink nie die geboue is meer in 'n goeie toestand nie."

"Dankie, ek sal maar langsaan gaan hoor. Dankie vir u hulp."

Roger hoor 'n ouerige vrou êrens in die huis roep. "Ou man, jy moet kom eet. Die kos word koud."

Hulle groet en Roger stap terug na sy motor toe. Hy sit eers 'n rukkie stil voor hy Pieter bel. "Pieter, die BMW staan nog steeds op dieselfde plek. Ek was by die bure en die ou man wat daar bly sê dis vreemde mense wat net soms daar is en dan is dit gewoonlik in die nag wat voertuie in en uit ry."

"Hou die mense partytjies?"

"Nee, daar is nie harde musiek nie."

"En jy sien nou ook geen beweging nie?"

"Nee, mens kan nie regtig die huis sien nie."

"Wil jy hê ons moet vanaand weer gaan kyk?"

"Ek sal eers 'n draai by die vorige adres maak en ook gaan kyk of sy nie intussen terug is by die hotel nie, dan laat weet ek jou."

"Reg so. Ek wag."

"Klink of jy darem al glo dat sy moontlik in daardie huis teen haar wil aangehou word."

"Ons het geen bewyse van enige aard nie."

Roger sug. "Toegegee. Ons praat later."

Roger ry terug na die eerste adres en stop. Hy klop, maar daar is geen antwoord nie. Terug by die hotel gaan hy dadelik na Emma se kamer, maar ook daar is niemand nie. Hy gaan hoor by ontvangs of Emma deur die dag daar was, maar niemand het haar gesien nie. Hy bel vir Pieter. "Hallo Pieter. Nee jong, sy is beslis nie hier rond nie. Ek glo dit sal die moeite werd wees om vanaand daar te gaan rondsnuffel."

"Nou maar goed, ek wag vir jou in die oop stuk veld voor die huis aan die verste kant."

"Dankie, sien jou daar."

Hoofstuk 6

Emma luister hoe Sam ongeduldig na Maryna roep. "Ek het die vleis ure gelede gebring! Ek's honger!"

Sy raak benoud toe Maryna hom ignoreer en sy voetstappe in die gang hoorbaar word. Sy liggaam maak die kamer donker. "Jy doen dan niks! Was een blou oog nie genoeg nie?"

"Jou groot mond gaan nog toegeslaan word en ek kan nie wag vir daardie dag nie." Sy eis as sy sien hoe Maryna hom uit die pad stamp om verby te gaan. Hy ignoreer Maryna en kom smalend, tergend stadig soos 'n kat wat sy prooi bekruip, na haar toe.

Sy maak haar oë toe en begin onbedaarlik bewe toe hy by haar oor praat. "Moenie maak of jy nie van my hou nie."

Sy gil toe hy haar probeer soen en Maryna gil terug. "Sam, stop dit!"

Hy lag en maak haar los. Emma vlug uit die kamer en gaan staan by Maryna in die kombuis. Maryna sê spottend. "Jy moet leer om te ontspan. Dit maak dinge soveel makliker." Vir Sam sê sy: "Jy beter jou gedra, vir wat gil sy so?"

Hy ignoreer Maryna en lek oor sy lippe terwyl hy na Emma kyk. Sy kyk vining weg. Die twee vrouens vat hulle kos sitkamer toe en los vir Sam in die kombuis.

Emma vra: "Hoe lank gaan ons hier bly?"

"Ek weet nie."

Sam kom ook sitkamer toe met 'n bier in die hand en val op die bank langs Emma neer. Emma spring dadelik op en gaan sit langs Maryna. Maryna kyk geamuseerd na haar en vra: "Wil jy vanaand stort of more?"

Emma voel Sam se oë op haar en sy kan net dink wat deur sy gedagtes gaan. "Môre, dankie."

"Nes jy wil. As jy toilet toe wil gaan deur die nag moet jy my maar roep. Dalk word ek wakker as jy gelukkig is."

"Dankie, maar dit sal nie nodig wees nie."

"Mooi, want ek kan nogal vas slaap en ek is juis vrek moeg. Kom ons gaan slaap."

Sam maak 'n snork geluid. "Dis nog heeltemal te vroeg. Wat moet ek met myself aanvang tot môre?"

Maryna lag. "Hoekom kyk jy nie hoe lank jy sonder asem kan klaar kom nie? Ek hoor daar's 'n kompetisie waar mens baie geld kan wen maar jy sal moet oefen."

"Waar's die kompetisie?"

Maryna slaan haar oë dakwaarts en loop. Emma volg haar dadelik en vra sag: "Dink jy hy het jou regtig geglo of was hy snaaks?"

"Met hom weet mens nooit, maar ek sal nie verbaas wees as hy het nie."

By die kamerdeur kyk Emma smekend na Maryna. "Dink jy regtig nie ons moet probeer vlug nie, Maryna?"

Sy word sonder seremonie by die deur ingestoot en hoor hoe die deur agter haar gesluit word. Emma het vroeër gesien daar is tralies voor die vensters. Sy sak moeg en bang op die bed neer en bid vir 'n wonderwerk. Roger se laggende oë bly in haar gedagtes en dit gee haar hoop. Sy onthou hoe sy vir hom gelag het met al sy raad en die foon wat hulle in die middernagtelike ure gaan koop het, maar nou is dit vir haar 'n groot troos. Alles raak stil in die huis. Sy wag nog 'n ruk en skakel dan die kamerlig af. Sy kruip bewerig onder die bed in. Die stof oorweldig haar amper. Sy kry die foon met 'n gesukkel uit haar onderklere en net toe sy 'n boodskap wil tik hoor sy voetstappe in die gang. Haar asemhaling versnel en sy probeer vinnig onder die bed uitkom. In die proses kap sy haar kop en sy swets saggies. Swaar voetstappe kom voor haar deur tot stilstand. Daar is nie tyd om na die selfoon te soek wat sy in die proses laat val het nie. Sy klim vinnig in die bed en trek die duvet tot onder haar ken. Sy konsentreer om haar asemhaling egalig te hou. Die deur gaan stadig oop en sy hou amper op asemhaal. Haar mond is so droog soos 'n woestyn in hoogsomer. Sy weier om haar oë oop te maak. Nog 'n deur gaan oop. Maryna se stem klink skerp. "Magtig Sam, wat verstaan jy nie?"

Emma blaas haar asem stadig uit en sug verlig. Sy hoor die frustrasie in Sam se stem:"Wat is jou *case*? Ek wou net kom hoor of alles reg is! Ek is verantwoordelik vir haar!"

"Snaaks, ek het dieselfde opdrag gekry. Miskien moet ek vir Diederik bel en vra wat jou opdrag presies behels?"

"Ek gaan jou nog seermaak." Sam se voetstappe raak saam met sy stem dowwer. Emma hoor Maryna vloek en die kamerlig gaan aan. Sy loer onder die duvet uit en sien hoe Maryna haar skouers optrek. "Hy sal altyd probeer om 'n kans te vat."

Emma bid saggies dat die selfoon nie êrens oop en bloot lê nie. Sy haal skaars asem toe Maryna inkom en langs haar op die bed kom sit. "Jy hoef nie soos 'n verskrikte haas te lyk nie, Emma. Die eerste paar kere is erg, maar mens raak dit gewoond. Jy moet net jou kop om dit kry."

Emma sug innerlik toe sy besef Maryna vertolk haar benoudheid verkeerd. "Ek kan nie glo dat jy dit sê nie,

Maryna. En nog erger, dat jy tevrede is met hierdie siek leefstyl nie."

Sy koes toe dit lyk of Maryna haar wil klap. Maryna lag en sê: "Genade mens, jy is darem baie *tense*." Sy staan op, sit die lig af en sluit die deur. Emma wag 'n rukkie voor sy op haar knieë langs die bed neersak. Sy voel onder die bed en raak paniekerig toe sy nie die selfoon kry nie. Sy kruip dieper in en vat die foon uiteindelik raak. Haar hande is natgesweet. Sy bly onder die bed lê en toe sy kalm is begin sy tik. '*Ontvoer . . . weet nie waar. . .* ' Sy begin bid toe sy voel hoe die hopeloosheid haar verlam. Haar wange voel taai en sy besef dis haar trane wat met stof gemeng is. Die foon vibreer in haar hand. Geskok bly sy doodstil lê. Dit vat haar 'n paar sekondes voor sy besef dat daar 'n boodskap deurgekom het. Sy lees dit gretig. Dit lyk so onmoontlik sy wil dit weer lees maar 'n voertuig buite laat haar vinnig onder die bed uitskarrel. Sy klim vinnig terug en versteek die foon. Motordeure gaan oop en toe. Voetstappe is hoorbaar en die kombuisdeur gaan oop. Diederik se stem weergalm in die gang. "Waar de hel is julle almal?"

Emma verbeel haar sy hoor kinders huil. Diederik se stem verdoof dit tydelik toe hy weer roep. "Hier is nog twee wat julle vir my moet regkry."

Emma hoor 'n deur oopgaan en toe sy Maryna se woorde hoor, voel dit of sy gaan beswyk: "Diederik, hulle is dan nog babas?"

"En groot geld! Genade, kyk hoe lyk jy. Waar is my mooi poppie van vroeër."

Emma sien in haar verbeelding hoe Maryna ineenkrimp. Sy besef dat sy die eienaar van die harde, walglike stem intens haat. Maryna se stem is skaars hoorbaar. "Ek het nie grimering aan nie."

"Dis duidelik. Onthou niemand is onvervangbaar nie. Hoe sal jy daarvan hou om plekke met jou maatjie te ruil?"

Emma druk haar hande oor haar ore. Sy weet nie of sy nog enige iets verder kan hanteer nie. Die aanhoudende gehuil van kinders skaaf aan haar rou senuwees. Sy hoor 'n motor ry en dan Sam se walglike stem. "Daar het jy dit, niemand is onvervangbaar nie. Stop julle getjank voor ek julle stilmaak!"

Maryna se stem is hard. "Dit geld vir jou ook, jou sot! Kinders, hou nou op met huil! Julle het gehoor wat hy sê."

Haar kamerdeur word oopgesluit en die lig aangeskakel. Die lig verblind haar en sy knip haar oë. Twee verskrite kinders word na binne gestamp. Niks kon haar voorberei vir die twee verwese dogtertjies wat harverskeurend snik terwyl hulle aanmekaar vasklou nie. Sy kyk geskok na Maryna en spring uit die bed. Sy is verlig om te sien dat net Maryna saam met die dogtertjies ingekom het. Die kinders koes toe sy by hulle kniel. Haar stem is sag. "Toemaar, ek sal niks aan julle doen nie." Sy hou haar hande na hulle uit. Hulle laat toe dat sy hulle nader trek. Emma kyk in afgryse na Maryna. "Hoe kan jy deel wees hiervan?"

Haar kyk word met woede begroet. "Sorg dat hulle hulle gedra as julle nie almal moeilikheid wil hê nie. Ek het nou genoeg van jou gesanik gehad. Dit is soos dit is!"

Emma voel hoe hulle aan haar vasklou. Sy vryf oor hulle hare en skouers en haar hart breek in duisend stukkies. "Maryna, asseblief, ek kon hoor dat jy nie kans sien hiervoor nie. Ek sal daaroor getuig en dan sal die polisie jou los. Jy kan dit tog nie regtig oor jou hart kry om dit aan hierdie kinders te doen nie?"

Emma sien net vinnig onsekerheid in haar oë. "Al het ek niks met enige iets te doen nie, sal hulle my nie glo nie. Ek is 'n prostituut . . . 'n niks. Diederik het geld, baie geld. Ek staan nie 'n kans teen hom nie."

Emma voel hoe die kinders bewe en sy wens sy kon Maryna skud dat sy kan wakker word. "Hulle is nog klein, Maryna."

"Ek is nie blind nie, Emma, maar daar is blykbaar 'n groot mark vir hulle."

Emma is te geskok om 'n woord uit te kry en sy druk die kinders stywer teen haar vas. Maryna kyk na haar. "Nie almal in die lewe is so gelukkig soos jy nie. En wie weet, hierdie is dalk 'n beter lewe vir die twee as wat hulle gehad het." Sy draai om en sluit die deur agter haar.

Emma sak af op haar hurke voor die tweetjies. Haar eie vrees voel skielik meer hanteerbaar. Sy praat sag met hulle. "Julle moet julle nie aan die tannie steur nie, sy is sommer net kwaad omdat die oom so kwaai is met julle."

Die ouer dogtertjie se lippie bewe. "Dink tannie hulle gaan ons doodmaak?"

"Nee, natuurlik nie. Ek is seker ons gaan sommer gou hier uitkom. Ons moet net bid en glo. Ken julle vir Jesus?" Sy weet dat sy nie regtig so dapper voel as wat sy probeer klink nie, maar dit is vir haar nou baie belangrik dat hierdie kinders moet hoop hê.

"Ja tannie, ouma het ons baie van hom vertel voor sy dood is. Sy het ons ook geleer om te bid."

"Leef julle Mamma nog?"

"Ja, Tannie. En ons oupa."

"By wie bly julle?"

"By Mamma en Oupa."

Die kleintjie begin weer snik en Emma hou haar styf vas. "Toemaar, toemaar, alles sal regkom. "Wat is julle name?"

"Ek is Mientjie en my sussie is Santjie, Tannie."

"En julle pappa, waar is hy?"

"My mamma sê hy's dood. Ons het hom nooit geken nie."

Santjie stamp aan haar sussie. "Ek wil gaan piepie."

Emma staan dadelik op en roep by die toe deur. "Maryna, een van die dogtertjies wil toilet toe gaan!"

Daar is geen antwoord nie. "Maryna!"

Emma hoor hoe 'n deur oopgaan en sy glimlag vir die kleintjie. "Hier kom die tannie nou, knyp net 'n bietjie."

Dit is Sam wat die deur oop maak. Emma gaan staan dadelik voor die dogtertjies asof sy hulle wil beskerm. Sam grynslag. "Ek doen nie dogtertjies nie, as jy weet wat ek bedoel?"

Emma ril. Sy vat altwee die dogtertjies aan hulle hande en skuur by hom verby. Sy is verlig toe hy nie saam met hulle stap nie maar in die gang wag. Nadat hulle klaar is skuur hulle weer verby hom. Hy sluit die deur agter hulle. Emma laat altwee in een bed klim en gaan sit by hulle. "Kom ek bid vir ons." Sy vat hulle handjies in hare: "*Jesus, dankie dat ons weet U is hier by ons en dat U ons sal help om weer hier uit te kom. Dankie dat ons ook vir Mientjie en Santjie se mamma na U toe kan bring, en vir Maryna. Help ons asseblief almal om veilig te wees. Dankie daarvoor. Amen*"

Sy is verbaas toe sy self ook kalmer voel. Na 'n ruk oortuig altwee kleintjies se rustige asemhaling haar dat hulle slaap en sy besef dat hulle baie moeg moet wees. Sy loop om die lig af te sit toe Mientjie sê: "Dankie, tannie."

Emma glimlag vir haar. "Ek dog julle slaap."

"Santjie slaap al."

"Kan ek die lig maar afsit of sal julle bang wees?"

"Nee, tannie kan maar afsit. Ons mag nooit die lig laat brand het nie want my oupa sê ons mors krag."

Emma skakel die lig dankbaar af. Sy wag totdat sy dink Mientjie slaap ook voor sy weer onder die bed inkruip. Sy gaan terug na die vorige boodskap van Roger. Haar hart klop onbedaardlik toe sy dit weer lees. '*Ek weet waar jy is. Wag net vir regte tyd. Bly kalm. Delete boodskap.*'

Sy tik vinnig terug. '*Hier's twee dogtertjies ook ... dink ma doen selfde as Maryna.*"

Sy wag net 'n klein rukkie toe die boodskap deurkom. "*Jip. Delete als dadelik. Is net Maryna en groot ou daar?*"

'*Jip. Ek dog jy weet.*"

Die geel gesiggie met die wit glimlaggie en drie hartjies wat deurkom, het nog nooit vir haar soveel beteken nie. Sy druk die foon teen haar hart vas voor sy alles delete en onder die bed uitklim. Sy voel lig en die gedagte dat Roger weet waar sy is maak haar opgewonde. Haar gedagtes is in 'n warboel en sy besef die gevaar is nog geensins verby nie. Alles wat Maryna kwytgeraak het, maal deur haar gedagtes. In die laaste paar dae vandat sy in die Kaap aangekom het, is haar hele wêreld soos wat sy dit ken, geskud. Sy kan nie verstaan hoe dit moontlik is dat sy nooit regtig besef het wat alles om haar aangaan nie. Sy bid ernstig en vra dat die Here haar sal toerus vir die taak wat voorlê. Heelwat later sluimer sy in en skrik wakker toe sy 'n kind se stem hoor. Haar oë brand van moegheid en sy weet eers nie waar sy haar bevind nie totdat Mientjie na haar roep. Die aaklike onthou van die vorige aand tref haar soos 'n vuishou op die krop van haar maag. Sy staan haastig op en sien verbaas dat dit al lig is. Mientjie sit regop in die bed met groot oë. "Ek is jammer Tannie, maar ek het gedroom ek sit op die toilet."

Emma ruik dadelik wat fout is en sy tel die dogtertjie oor haar sussie. Sy sien Mientjie kry baie skaam. "Toemaar kleinding, ons sal nou 'n plan maak. Dit kan met enige een gebeur."

Iemand kom in die gang af en die deur gaan oop voor sy nog hoef te roep. Dit is weer Sam wat sy verskyning maak. "Wil julle alweer toilet toe gaan?"

"Waar is Maryna?"

"Haar ego is effe geknak. Jy sal maar met my tevrede moet wees." Sy geel tande is sigbaar toe hy vir haar grynslag.

Emma hoor dankbaar Maryna se kamerdeur oopgaan. "Sam, hoekom gaan koop jy nie liewer pap en melk vir die kinders nie. En spek en eiers vir jou."

Sam antwoord: "Wat beplan jy? Ek ruik 'n rot."

"Rerig, Sam? Kinders wat honger is huil. Of is jy weer lus om daarna te luister."

"Van wanneer af gee jy om? Jy kan bly wees ek is honger, maar ek waarsku jou, as jy besig is met iets gaan jy jammer wees."

Maryna ignoreer hom en vra vir Emma: "Wat is fout?"

Sy wys met haar oë na Mientjie. "Sy het 'n ongelukkie gehad." Emma is verbaas om jammerte in haar vriendin se oë te sien, maar dit gee haar ook bietjie hoop.

"Vat haar solank badkamer toe. Daar is 'n sak met klere in die kombuis."

Emma vat Mientjie dadelik badkamer toe en voel verbaas hoe die foon teen haar liggaam vibreer. Sy kyk om haar rond en glip dan vinnig met die dogtertjie in die stort. Sy sit haar vinger op haar lippe toe sy na Mientjie kyk. Mientjie knik met groot oë. Emma haal die foon vinnig uit en lees haastig. '*Het Maryna wapen – waarheen is groot ou*'

Sy antwoord vinnig, '*glo nie – gaan kos koop*'. Sy bêre die foon weer dadelik. Mientjie kyk nog met groot oë na haar. Emma fluister saggies in haar oor. "Dis iemand wat ons gaan help. Dis net ons geheim."

Mientjie knik. Sy trek haar klere uit terwyl Emma die water oopdraai. Emma sien hoe die dogtertjie met toe oë en 'n salige uitdrukking op haar gesiggie onder die water staan. Dit lyk of sy elke oomblik geniet. Emma hou haar dop. Eers draai sy haar kop na die een kant toe en dan weer na die ander kant. Sy sug behaaglik. Emma voel sleg om haar te steur. "Is jy klaar, Mientjie. Moet ek die water toedraai?"

"Kan ek nog net 'n klein rukkie stort, asseblief tannie."

"Natuurlik. Is dit vir jou lekker?"

"Ja, Tannie, baie. Ons was altyd net in 'n skottel."

Emma wonder hoeveel keer haar hart nog gaan breek hier in die Kaap. Die deur gaan oop en Maryna kom in. "Hier is die klere. Julle moet klaarmaak." Sy hou 'n sak na Emma uit.

Santjie het ook wakker geword en verskyn agter Maryna. "My sussie het ons bed natgemaak." As die hele situasie nie so gespanne was nie sou Emma gegiggel het toe Maryna vinnig omspring, amper teen die kosyn vas.

Emma sê: "Jy is ook maar op jou senuwees, Maryna. Jy weet dit hoef nie so te wees nie?"

Maryna draai vererg om en loop weg. Emma draai die krane toe en draai vir Mientjie in 'n handdoek toe voor sy by Santjie kniel. "Toemaar Santjie, ons sal nou alles was. Ek gaan haal solank die laken. Wil jy ook gou kom stort."

Santjie lyk onseker. Die foon vibreer weer teen Emma se lyf. "Ek moet net gou toilet toe gaan. Mientjie jy sal seker regkom om aan te trek. Santjie, ek sal jou nou kom help."

"Dis reg, Tannie, ek's mos groot," antwoord Mientjie.

In die toilet kyk sy gou weer na die selfoon. '*Ons kom. Waar julle*'

Sy antwoord vinnig. '*ek en dogtrs in badkmr. Wetie van Maryna*'

Die antwoord kom dadelik terug. '*bly in badkr.*'

Nadat die foon weer versteek is gaan sy terug badkamer toe. Sy sien Mientjie is klaar aangetrek en Santjie is onder die stort. Santjie giggel en sê die water kielie haar. Emma praat saggies met hulle. "Santjie, jy moet wikkel. Kom dan draai ek jou gou lekker toe in die handdoek."

"Ek wil nog bietjie stort." Dit lyk of sy wil huil.

Emma glimlag vir haar. "Ek sal jou kielie as jy uitkom."

Santjie lyk nie baie gewillig nie, maar luister tog. Emma draai haar toe in die handdoek, maar laat die water nog loop.

Sanjie kyk vraend na haar. "Wanneer gaan Tannie my nou kielie?"

Emma kielie haar in haar nek en Santjie lag lekker. Emma vra vir Mientjie. "Wil jy nie asseblief vir my Santjie se kleertjies aangee nie?"

Mientjie hou dit na haar uit. Emma wonder hoe die mense wat hulle ontvoer het geweet het watter klere om te vat. Sy droog vir Santjie af en sê sag: "Nou toe kleinding, kom dat ek jou aantrek."

Mientjie kyk na Emma. "Sy kan haarself aantrek. Sy is nie meer 'n baba nie. Moet ons nie die kraan toedraai nie?"

Emma wys vir haar sy moet sagter praat. "Ons sal nou."

Mientjie hou van hierdie nuwe speletjie en sy fluister. "Moet ons van nou af sag praat, Tannie?"

"Ja, ons kyk hoe lank ons dit kan regkry."

Santjie is skaars aangetrek toe hoor Emma glas wat breek. Die meisies is soos een man by Emma en sy slaan haar arms beskermend om hulle. Daar is 'n swanger stilte en Emma wag gespanne om te hoor waaraan dit geboorte gaan skenk. Haar verligting is groot toe sy Roger se stem hoor. "Waar is die badkamer?"

Sy voel jammer vir Maryna wat benoud antwoord. "Ek het niks hiermee te doen nie. Hulle hou my ook hier gevange."

Emma hoor nog 'n stem wat sy nie ken nie. "Die hof sal daaroor besluit. Hy het gevra waar is die badkamer?"

"Af in die gang."

Dit is weer die onbekende stem wat opklink. "Sit!"

Haastige voetstappe kom in die gang af. Emma maak die deur oop. Sy is bly oor die kinderarmpies om haar lyf, anders het sy nou vir Roger om sy nek gegryp.

Die bekommerde kyk in sy oë maak Emma se hart warm. "Is julle okay? Het iemand iets aan julle gedoen?"

Sy verstaan dadelik die strekking van sy woorde. "Nee, ons is *fine*. Dankie dat jy gekom het. Jy bloei!" Emma wys na sy arm.

Santjie trek aan Emma se klere en Emma sien die vrees in haar oë. "Toemaar kleinding, die oom het ons kom help. Ons kan hom vertrou."

Roger hou sy arm onder die lopende stort en draai dan 'n handdoek daarom. "Dit was seker toe ons die venster gebreek het om in te kom. Dis regtig nie ernstig nie." Emma draai die krane toe.

Maryna se stem is weer hoorbaar. "Jy kan maar vir hulle vra, ek het niks aan hulle gedoen nie."

Pieter hoor eerste die motor buite en hy roep in die gang af. "Roger, kry hulle hier uit! Hy's terug!"

Roger tel vir Santjie op. Dit lyk of sy wil begin huil en hy gee haar vir Emma en vat Mientjie aan haar hand. "Kom julle, voor daardie oom inkom."

Mientjie loop gehoorsaam saam met hom en Emma volg met Santjie. Hulle loop verby Maryna en Pieter in die sitkamer. Emma sê: "Sy was regtig goed vir ons."

Maryna se glimlag kom nie tot by haar oë nie en Emma word vinnig vorentoe gedruk. "Wikkel Emma, ons het nie nou tyd nie."

Emma word deur die venster gehelp en Roger gee die dogters vir haar aan. Emma is vir die eerste keer bly dat die huis nie sigbaar van die pad af is nie. Die digte plante om die huis gee hulle die skuiling wat hulle nodig het. Roger sê saggies: "Sjj . . ."

Emma hou amper op met asemhaal toe Sam, onbewus van die vier wat tussen die plante skuil, verby hulle kom met twee plastieksakke in sy hand. Hy loop fluit-fluit verby hulle na die agterdeur. Hy is skaars verby of Roger wys dat hulle hom moet volg. Hulle verdwyn in die erf langsaan.

Sam maak die kombuisdeur oop en vra hard: "Waar's julle. Ek is honger."

* * *

Emma en die kinders volg Roger na 'n lëe buitegebou. Hy hou die deur vir hulle oop. "So ja, julle sal vir eers hier veilig wees. Hulp is op pad."

Emma kyk skewekop na hom. "So, dan is jy in die polisie. Nou verstaan ek alles beter."

Hy lag. "In die speurdiens, ja."

"Kan Maryna nie maar saam met ons kom nie?"

"Ongelukkig nie."

"Maar Roger . . ."

"Daar is nie nou tyd vir stry nie, Emma. Ons sal ons bes vir haar doen."

Die kinders kyk met groot oë na Emma en sy weet hulle het haar nou nodig. Roger praat met iemand op sy selfoon voor hy na Emma draai. "Kom, daar is 'n polisiemotor in die pad."

Emma hou die kinders vas. "Is jy laf, dis helder oordag. Enige een kan ons sien."

"Genade Emma, dink jy nou regtig ek sal iets van julle verwag wat julle in gevaar sal stel? Dis nie dieselfde straat as waarmee julle gekom het nie. Ons kruip nog deur een erf dan is ons in een van die agterstrate. Die polisiemotor het alles gefynkam voor hulle gebel het."

Emma voel nog steeds skepties, maar Roger se kwaai stem beweeg haar tot aksie: "Het ek jou al ooit in die steek gelaat? Of ons bly hier en word weer vasgekeer deur Diederik en sy manne of julle doen wat ek sê."

Hulle volg hom stil deur nog 'n erf tot by die motor. Hy maak die agterdeur oop. "Hallo Estelle, hierdie is Emma en sy sal jou aan die kleintjies voorstel. Ons praat weer. Ek wil gou gaan kyk of Pieter orraait is."

Estelle glimlag. "Hallo Emma, en julle tweetjies." Sy kyk na Roger deur die motor venster. "Hier is nog hulp op pad, Roger. Ons ry eers. Jy bloei."

Emma wil nog vir Roger dankie sê en vra hoe hy haar gekry het maar hy is weg. Sy wonder of sy hom ooit weer gaan sien. Sy groet Estelle en sit haar arms beskermend om die twee dogtertjies wat baie styf teen haar sit. Nog twee polisievoertuie ry verby hulle en sy bid dat die Here vir Roger en Maryna moet beskerm en haar nog 'n kans moet gee.

Emma sien Estelle hou haar in die truspieëltjie dop. "Ek is bly hulle kon julle so vinnig opspoor. Hierdie span speurders is van die beste wat ons het. Ek hoop net hulle kry nou die ou wat agter alles sit."

Emma sug. "Ja, ons is baie gelukkig. Dit was 'n aaklige ervaring."

"Ek kan net dink, maar julle is nou veiig."

* * *

Pieter wys vir Maryna om Sam te antwoord. Hy gaan staan agter die deur waar Sam moet inkom. Maryna sien duidelik die wapen wat op haar gerig is.

"Ons is in die sitkamer!"

Pieter hoor hoe Sam nader kom. "Ek is bly jy kon die geskree stil kry . . . waar is hul . . ." Sam vloek toe hy agterkom wat aan die gang is, maar is te laat om te reageer. Hy word vinnig en hard grond toe gedwing. Pieter druk met sy knie op Sam se rug en boei sy hande agter sy rug. Sam se gestoei help niks en hy lig sy kop. "Hiervoor gaan jy boet, Dol. Die baas gaan jou stukkie vir stukkie uitmekaar skeur."

Pieter se knie druk hard in sy rug en hy snak na sy asem. Daar is vrees in Maryna se oë. Pieter druk die loop van sy pistool teen Sam se kop. "As ek jy is, bly ek liewer stil. As jy iets wil sê kan jy dalk vir my 'n paar name gee. Dis nou as jy nie lewenslank wil sit nie."

"Gaan bars, man!"

Pieter los vir Sam op die grond toe hy voetstappe hoor maar sien dit is Roger wat by die deur inkom.

Roger grinnik. "Lyk darem nie of dit te moeilik was om die Grote grond toe te bring nie." Hy kyk na Maryna. "Ek hoor Emma sê jy het haar en die kinders goed behandel. As jy nou saamwerk sal dit vir jou punte tel." Hy kyk na Pieter. "Hoe lyk dit kollega, wil die Grote vir ons bietjie inligting gee sonder dat ons hom seermaak?"

Sam maak 'n grom geluid voor hy antwoord: "Julle sal niks uit my kry nie." Hy kyk na Maryna. "Jy beter stilbly, die baas sal jou kry al is dit die laaste ding wat hy doen."

Maryna gluur na Sam. "Ek is nie deel van enige van hulle dinge nie."

Sam skreeu: "Jy lieg, jou slet!"

Roger kry Maryna beet toe sy amper by Sam is. Hy vat haar terug na die stoel toe. "Sit, dat ek jou ook kan vasmaak. Is jy bereid om saam met ons te werk?"

Maryna kyk lank na hom. "Wat is daar in vir my?"

"Versagtende omstandighede en beskerming teen die spul."

"Jy het gehoor Sam sê hulle sal my kry." Die doodsheid in haar stem gaan nie by die speurders verby nie.

"Die lewe is altyd vol risiko's, maar ons sal beslis ons bes doen om jou te beskerm. Wat is die alternatief?"

Sy laat haar kop sak. "Wat moet ek doen?"

"Jy kan ons help met inligting. Wanneer kom hulle weer hierheen? Wie is die meesterbrein agter alles?"

Maryna sug."Ek is seker hy weet klaar wat hier aan die gang is en ek weet eerlik nie wanneer hy weer kom nie."

Sam lag hard. "Ek dink daar is jy reg, Pop."

Roger sien dat Maryna nie vir Sam kan uitstaan nie. Sy gluur weer hatig na hom. "Ek is nie jou pop nie."

"Ook beslis nie vir lank meer Diederik s'n nie."

Maryna lag oorwinnend. "Mooi, daar gee jy sy naam weg."

Roger en Pieter sien verbaas hoe die groot man doodsbleek word. Dit lyk behoorlik of hy ineenkrimp waar hy op die vloer lê.

Maryna sê: "Ek wonder hoe gewild jy gaan wees as ek hom sê hoe jy hom in die rug gesteek het."

Sam se gesig word rooi en dit lyk of hy gaan flou word. "Ons is altwee daarmee heen. Maak nie saak wat verder gebeur nie." Hy lê stil. Dit klink of hy asemnood het.

Pieter vra: "Hoe laat kom hulle weer?"

Maryna antwoord: "Hy sê nooit vir ons nie. As hy nog mense bring sal dit seker vanaand wees. As hy kopers gekry het kan hy enige tyd kom."

"Jy praat die heeltyd van hy. Hulle is seker 'n paar wat saam werk?"

"Ons sien soms ander mense saam met hom, maar dis nooit dieselfde mense nie. Ek ken eintlik net vir hom."

"Wou hy al drie verkoop?"

Maryna trek haar skouers op. "Ek glo nie. Dalk wou hy Emma vir kliënte gebruik. Hy het gesê daar is mans wat van die onskuldige tipe hou."

Roger probeer agterkom of Maryna enigsins sleg voel oor Emma, maar dit klink nie vir hom so nie.

Pieter vra: "Hoeveel van hulle is gewoonlik by wanneer hulle die mense kom aflaai?"

"Gewoonlik twee. Soms drie."

"En Diederik is die leier?" Pieter kyk aspris na Sam.

Sam krimp ineen en weier om aan die gesprek deel te neem. Pieter kyk na Maryna. Sy knik.

Roger sê: "Pieter, ek wil net gou vir die manne hierbuite gaan sê wat aan gaan, ek is nou terug."

Hoofstuk 7

Emma kyk benoud by die motorvenster uit. Dit voel vir haar of Estelle heeltemal te rustig ry. Sy kyk verbaas na haar toe sy sê: "Jy kan maar ontspan. Daar is polisievoertuie wat ons volg."

Emma lag senuweeagtig. "Kan jy gedagtes lees?"

"Nee, ek sien net hoe benoud jy rondkyk. Is jy en die dogtertjies familie?"

"Nee, glad nie. Ons is deur dieselfde mense aangehou, dis al. Waarheen gaan ons nou?"

"Eers polisiestasie toe sodat jy jou verklaring kan aflê dan vat ek julle almal na 'n plek van veilige bewaring."

"O. Gaan hulle nie terug na hulle ma toe nie?"

Estelle kyk na agter. "Slaap hulle?"

"Ja, hule het nie veel deur die nag geslaap nie. Ek dink hulle het nagmerries gehad."

"*Shame*, ek kan dink. Daar is 'n klag teen hulle ma ingebring."

"Wat? Dis verskriklik! Hoekom?"

"Lyk of sy deel van die hele siek spul was."

"Nee! Hoe is dit moontlik? Wat gaan van die meisies word?"

Estelle trek haar skouers op. "Deesdae is enige iets moontlik. Dit hang van baie dinge af."

Emma kyk na die slapende dogtertjies. Haar hart is stukkend vir hulle part. "Die arme goedjies. Hulle is nog so klein. Dis die eerste keer in my lewe wat ek wonder hoekom God sulke dinge toelaat. Ek verstaan dit nie."

Estelle sug. "Ons kry baie sulke gevalle en ek wonder ook gereeld daaroor. Ek veronderstel God het mense keuses gegee en elkeen doen met sy lewe wat hy wil. Net soos Eva, maak ons elkeen nog steeds verkeerde keuses elke dag."

"Ek weet, maar God kan tog ingryp wanneer Hy wil?"

"In julle geval het Hy, Emma. Alles het perfek uitgewerk. Ons sal eendag alles verstaan."

"Genade Estelle, jy's reg. Kyk nou maar net hoe het hy my en Roger langs mekaar in die vliegtuig laat sit. En my ouma het my geleer dat mens die goeie en die slegte uit God se hand moet aanvaar, juis omdat hy die beste weet en die groter prentjie sien."

"Ek het gewonder of jy en Roger mekaar voorheen ontmoet het."

"Nee, net op die vliegtuig en toe beland ons in dieselfde hotel. Is dit nie net *amazing* hoe God in mense se lewens werk nie?"

Hulle stop by die polisiestasie en Emma vra: "Is daar enige iets wat ek intussen kan doen om dit vir die tweetjies makliker te maak?"

"Wanneer ons klaar is met jou verklaring gaan ons na die maatskaplikewerkster toe. Sy sal help met 'n plek van veilige bewaring vir julle. Jy kan sommer by haar hoor. Dit lyk of hulle jou vertrou."

"Ek dink ook so." Emma skud saggies aan hulle. Sy wag tot Estelle uit klim en die deur oop maak. "Nou toe, dis tyd vir jou verklaring. Ek sal die twee asjasse saam met my vat totdat jy klaar is, dan vat ek julle na die maatskaplikewerkster toe."

"Dankie, ek is bly dat jy ons kom haal het. God is voorwaar goed vir ons."

Mientjie klim uit maar Santjie begin dadelik huil. Mientjie kyk liefdevol na haar. "Toemaar sussie, tannie Emma is nog hier by ons."

Emma tel vir Santjie op. "Mientjie is reg, Santjie. Ek is nou by julle en moet net gou ietsie doen dan ry ons weer."

Die vier stap na die aanklag kantoor. Emma en die kinders deins terug toe die geraas van die oorvol kamer hulle tref. Daar is ook 'n oorweldigende stank van sweet en drank wat dreig om Emma naar te maak. Die twee dogtertjies se ogies spring verbouereerd in hulle oogkaste rond. Estelle moet hard praat om bo die geraas hoorbaar te word. "Terwyl tannie Emma besig is gaan ek vir julle potlood en papier gee sodat julle vir ons prentjies kan teken. Julle moet nou saam met my kom!"

Santjie weier om Emma te los. Sy gil: "Ek wil my Mamma hê!"

"Estelle, kan ek nie eers saam stap tot by jou kantoor nie, net tot hulle rustiger is."

"Ja, dit sal help." Hulle verlaat die aanklagkantoor en toe dit weer stiller is vra Estelle: "Het jy voorheen met kinders gewerk?"

Emma lag. "Nee, ek werk in 'n biblioteek."

In Estelle se kantoor gaan sit Emma tussen die twee sussies. Sy is bly Santjie is rustiger. Sy wys vir hulle die potlood en papier wat Estelle neergesit het en help vir Santjie teken. Dan sê sy saggies vir Mientjie. "Kom sit hier langs haar. Ek is nou- nou terug."

Mientjie gehoorsaam dadelik. "Sussie, jy moenie nou stout wees nie. Hulle probeer ons help."

Emma is dankbaar vir die volwassenheid van hierdie klein dogtertjie. Sy glip uit en word verbasend vinnig gehelp. Terug by Estelle se kantoor staan sy eers by die kantoordeur en kyk na die twee dogtertjies wat soet sit en teken. Sy voel hoe haar keel dik word van emosie. Sy gaan saggies in. "Sjoe, maar julle was soet. Ek sal beslis vir julle êrens 'n lekkertjie moet koop."

Mientjie se oë blink. "Rerig? Dit sal baie lekker wees, dankie Tannie."

Santjie hou dadelik haar arms na Emma uit. Emma voel hoe haar hart van liefde swel en sy druk Santjie teen haar vas. Sy voel Estelle se oë op haar en kyk op. "En nou Estelle, as jy so bekommerd lyk?"

"Ek hoop nie jy raak te geheg aan hulle nie. Jy kan baie seer kry."

Sy trek haar skouers op. "Jy is seker reg, maar ek dink dit is reeds te laat."

Hulle stap deur die aanklag kantoor toe Mientjie gillend begin hardloop. "Mamma, Mamma!"

Santjie spartel uit Emma se arms en begin ook hardloop. Altwee gryp 'n vrou vas wat geboei langs 'n offisier staan. Emma hoor hoe Estelle kwaai met die offisier praat. "Ek dog sy is al lankal in aanhouding."

Die offisier antwoord: "Hier was soveel drama vroeër vanaand dat sy op 'n manier ontglip het. Jammer, hierdie moes nie gebeur nie."

Emma voel oneindig hartseer toe Mientjie se stemmetjie opklink : "Kan ons nou maar saam met Mamma gaan? Ons sal soet wees."

Emma kyk hoe Estelle op haar hurke by die twee dogtertjies gaan sit. "Julle mamma kan nie nou dadelik huis toe gaan nie. Dis hoekom julle eers nog 'n rukkie by tannie Emma gaan wees." Sy kyk na hulle ma. "Is ek reg, Mevrou?"

Emma hoor die ongeduld in Estelle se stem en sy is bly sy doen nie haar werk nie. Dit is vir haar onverstaanbaar dat 'n ma so iets aan haar kinders kan doen. Maryna se beeld kom in haar gedagtes en sy besef die lewe deel nie vir almal dieselfde pakkies uit nie. Sy is dankbaar dat sy tot nou toe nog al hierdie dinge gespaar is. Sy voel jammer vir die vrou wat met 'n bewende stem antwoord. "Die tannie is reg, julle moet mooi na haar luister. Mamma is lief vir julle."

Mientjie en Santjie huil hard en klou aan hulle ma vas. Emma gaan onseker nader en help Estelle om hulle behoorlik van hulle ma af weg te skeur. Terwyl sy vir Santjie optel kyk sy in die vrou se verwese oë en gee haar skouer 'n drukkie. "Ek sal mooi na hulle kyk terwyl ek hier is."

Emma sien dankbaarheid in haar oë. Buite die aanklagkantoor bedaar die dogtertjies effens. Estelle vat Mientjie se hand. "Ons gaan mooi na julle kyk tot julle weer vir Mamma kan sien."

Emma wonder wanneer dit sal gebeur. Santjie snik nog, maar Mientjie knik haar kop. 'n Ou boemelaar wat altyd by die polisiestasie rond is, staan nader en hou iets na Santjie uit. Estelle tree beskermend vorentoe en vra: "Waar kry jy die beertjie?"

"Ek hou dit al dertig jaar by my vir ingeval ek dalk my dogtertjie êrens sou raakloop. My vrou is met haar vort." Hy kug. "Maar sy is beslis nie nou meer klein nie en ek is seker hierdie kleintjie het dit dalk vanaand nodig. 'n Seer hart is baie erger as 'n honger maag, weet jy?" Hy kyk na Mientjie. "*Sorry*, maar ek het net die een."

Mientjie glimlag vir hom en gee hom 'n drukkie. "Dis reg, Oom. Sy is nog klein."

Emma kyk in verwondering hoe die boemelaar se gesig ophelder en sy oë blink. Daar is totale ekstase en verwondering in sy oë toe hy fluister. "Dankie, dogter. Ek het nog altyd gewonder hoe dit sal voel as my dogterjie my druk, en nou weet ek." Hy vee met die agterkant van sy hand oor sy oë.

Estelle en Emma kyk oor die kinders se koppe na mekaar en Emma sluk vir die soveelste keer vandag 'n lastige knop in haar keel weg. Sy sien Estelle is ook nie onaangeraak deur die gebaar nie. Sy gee vir die boemelaar iets. "Dit is baie gaaf van jou maar dis ook nie lekker om honger te wees nie. Gaan koop vir jou ietsie om te eet."

Hy glimlag dankbaar. "Dankie, Mevrou."

Hulle ry na die maatskaplike werkster se kantoor. Emma sê: "Ek wonder wat nou daar by Roger-hulle aangaan? Dink jy die skurke is al gevang?"

"Ek wonder ook. Die leier van die sindikaat is glo baie slu en hulle kry hom net nie gevang nie."

"Ek is nie seker of Diederik die leier is nie, maar hy is baie grillerig. Ek kan nog nie glo Maryna laat haar so gebruik nie."

Estelle trek haar skouers op: "Ja, sekere dinge sal mens net nooit verstaan nie." Sy stop voor 'n huis. "Ek gaan net gou in om te hoor of Susan ons kan sien, dan kom haal ek julle."

"Doodreg. Die twee het sowaar weer aan die slaap geraak. Dis eintlik jammer om hulle wakker te maak, hulle is doodmoeg."

Emma kyk Estelle agterna en wonder of sy kinders het. Dan kyk sy na die twee dogtertjies en wonder wat nog vir hulle voorlê en watter impak hierdie insident op hulle lewens gaan hê. Estelle is vinnig terug.

"Julle kan maar kom. Susan is reg vir julle."

Mientjie word swaar wakker en Emma tel die slapende Santjie op. Hulle loop agter Estelle aan. Emma sien die maatskaplike werkster wag vir hulle by die deur. Sy glimlag vir die ouerige vrou wat haar hande verwelkomend na hulle uithou. "Hallo julle. Kom asseblief in dat ons bietjie kan gesels en sien hoe ons julle kan help."

'n Weekheid kom nestel in Emma se binneste toe die vrou so moederlik klink. Vandat die kleintjies deur Diederik daar aangebring is moes sy sterk wees, maar nou voel dit skielik of haar trane baie vlak lê. Emma sien Mientjie voel ook die vrou se liefde aan, want sy staan dadelik nader aan Susan. "Hallo Tannie, ek is Mientjie en my sussie is Santjie. Hierdie is tannie Emma en ons gaan nou eers by haar bly."

Susan glimlag vir Mientjie. "Ek dink julle moet inkom dan kyk ons na al die moontlikhede." Sy hou haar hand na Emma uit. "Aangename kennis, Emma. Ek kan hoor die enetjie vertrou jou heeltemal."

Emma vat haar hand. "Aangename kennis, Mevrou. Ja, ek veronderstel as 'n mens saam deur so iets is kan dit seker nie anders nie." Sy is vies vir haarself toe haar stem bewe.

Susan loop voor en maak seker dat hulle gemaklik is. Santjie het nog nie wakker geword nie. Sy draai eers na Mientjie. "Mientjie, ek wil vir jou 'n paar vragies vra. Is dit reg met jou?"

Mientjie sit op die punt van haar stoel. "Ja, dis reg, Tannie kan maar vra."

Susan kyk na Emma. "Sê eers vir my, wanneer laas het julle iets geëet of gedrink?"

Emma antwoord. “Ek is nog reg, maar ek is seker die tweetjies is dalk honger en dors.”

Susan glimlag en sy gaan gou uit. Toe sy terugkom sê sy: “Maria sal nou hier wees met lekker sap en toebroodjies. Nou toe, waar was ons? Mientjie, kan jy vir my vertel wat met julle gebeur het?”

Estelle sit in die agtergrond en maak notas.

Mientjie skuif reg op haar stoel. “Ek en Santjie het in die karavaan geslaap toe kom daar twee mans en druk ons monde toe. Hulle het ons na ’n kar toe gedra en ver met ons gery. Toe het hulle ons na ’n huis toe gevat waar ’n kwaai tannie en vet, kwaai oom was. Tannie Emma was ook daar.”

Emma luister verstom hoe Mientjie vertel asof sy van iemand anders praat en nie self deur die hele drama is nie.

“Waar was julle mamma toe die mans julle kom haal het?”

“By die werk, Tannie.”

“So wanneer Mamma gaan werk, bly julle alleen in die karavaan?”

“Ja, Tannie. Ons is al groot.”

“Waar is julle ouma en Pappa?

”Santjie word wakker en begin snik. Emma troos dadelik. “Toemaar kleinding, die tannie wil net bietjie met julle gesels. Julle is nou veilig.”

Sy raak rustiger maar haar lyfie ruk nog soms wanneer ’n verdwaalde snik uitglip. Sy kyk met groot oë van Mientjie na die vreemde vrou. Mientjie gaan voort. “Hulle is dood. Toe my ouma nog gelewe het, het ons parykeer in die huis gekom, maar my oupa hou nie van kinders nie.”

“Is die karavaan langs die huis?”

“Ja, Tannie.”

Susan knik. “Wat het nog by die ander huis gebeur toe hulle julle afgelaai het?”

"Een van die ooms het die kwaai tannie geklap en 'n ander kwaai, vet oom het met ons geraas en gesê ons moet ophou huil anders gaan hy ons stilmaak."

"Waar was tannie Emma toe julle daar aangekom het?"

"Sy was in die kamer toegesluit waarheen die ander tannie ons gevat het."

"Sjoe, dit is goed dat sy daar was, nê?"

"Ja Tannie, sy was baie gaaf met ons."

"Hoe oud is julle twee?"

"Ek is sewe en my sussie is vier."

Emma besef hierdie twee dogtertjies het al meer in hulle kort lewetjies beleef as sy in haar amper dertig jaar. Sy voel Susan se oë op haar. "Emma, Estelle het my so vinnig vertel wat met julle gebeur het. Het jy al vroeër in jou lewe met so iets te doen gehad."

Emma skud haar kop. "Nee, nog nooit nie."

Maria kom in met die skinkbord en sit dit op die tafel neer. Sy glimlag vir die dogtertjies en Emma sien die meegevoel in haar oë voor sy uitgaan. Estelle sê hulle kan eet en hulle laat nie op hulle wag nie. Sy praat sagter met Emma: "Estelle het gesê jy is bereid om bietjie te help met die tweetjies vir 'n rukkie. Is jy seker jy sien kans? In sekere gevalle is dit wel goed, maar dit kan ook wees dat jy self eers terapie moet kry."

Emma kyk na die twee dogtertjies wat gulsig eet. "Ek is oortuig dit sal die beste terapie vir my wees. As ek sien ek kom nie reg nie, kan ek mos maar net sê."

Susan glimlag dankbaar. "Beslis en baie dankie. Kom ons gaan kry ook iets om te eet."

Emma besef dat sy tog honger is en sy gaan sit by die dogtertjies. Hulle gesels oor alledaagse dinge terwyl hulle eet.

Susan sê, "Onthou dat julle enige tyd kan bel as daar vrae opduik. Ek dink julle sal baie lekker bly in die huis waarheen Estelle julle gaan neem."

Emma glimlag dankbaar. "Dankie vir al julle moeite en vriendelikheid."

Estelle sê: "Ek stem saam met Susan. Dit sal goed wees vir die meisies met jou daar. En daar sal die heeltyd iemand wees om julle op te pas. Ek is ook net 'n oproep ver."

"Dan is ek seker ek sal *cope*." Sy glimlag dapper.

Estelle kyk weer na Mientjie. "Sal julle graag vir 'n rukkie by tannie Emma wil bly tot ons mooi weet wat aangaan?"

Santjie sê huilerig: "Ek wil my Mamma hê." Emma vee die trane van die dogtertjie se wange af en haar hart wil breek.

Susan se stem is sag. "Santjie, jou Mamma gaan vir 'n rukkie baie besig wees. Julle sal haar nie nou dadelik weer kan sien nie."

"Ek wil my Mamma hê." Emma hou haar styf vas.

Mientjie se oë is ook vol trane. Sy hou Santjie se handjie vas. "Sussie, alles sal regkom. Tannie Emma sal mooi na ons kyk tot ons weer vir mamma kry. Onthou, Mamma het gesê dis reg so."

Susan wens vir die soveelste keer dat ouers hulle verantwoordelikhede besef teenoor hulle kinders. Sy vat Santjie se hand. "Ek dink tannie Emma is lief vir julle en sal mooi na julle kyk."

Emma knik. "Ja, en onthou toe ons gebid het, het Jesus ons gehelp om weg te kom van die slegte ooms af. Ons sal vir Mamma ook bid."

Mientjie antwoord. "Ek weet, Tannie, dis Hy wat tannie vir ons gegee het."

Susan glimlag. "Nou dan is dit gereël. Julle moet weer vir my kom kuier dat ons lekker kan gesels. Estelle, kan ek net gou met Emma gesels?"

Estelle hou haar hande na die twee uit." Kom julle aspetatte. Ons gaan wag gou langsaan vir tannie Emma."

Susan vra, "Is jy seker jy sien kans hiervoor, Emma? Soos wat ek dit nou opsom is hulle voorland pleegsorg, want ek is seker hulle ma sal tronk toe gaan en behalwe vir die oupa is daar nie ander familie nie."

"Ja, en dit klink nie of die oupa hulle wil hê nie."

"Nee, ek dink jy's reg."

Emma dink aan haar eie ouma. "Ek kan nie glo hoe jy jou eie kleinkinders en kind so stief kan behandel nie."

"Ja, dit is onverstaanbaar. Hier is my selnommer. Jy kan my enige tyd bel. Estelle sal julle nou na die huis toe neem en van daar af sal ons sorg dat julle alles kry wat julle nodig het. Ek sal kom sodra ek kan om te kyk hoe dit gaan en sommer bietjie met jou ook gesels."

"Dankie, ek waardeer dit."

Susan stap saam met hulle uit en groet die tweetjies.

* * *

Roger en Pieter hoor 'n motor buite. Sam kry nuwe lewe en pluk aan die boeie. "Ek het geweet hulle weet wat hier aangaan. Hoekom anders sal hulle nou hier wees?"

Maryna kyk minagtend na hom. "Dit maak glad nie sin wat jy nou sê nie. Hoekom sal hulle kom as hulle vermoed die polisie is hier? Dit is seker nog van die polisie, jou aap."

Die kombuisdeur word oopgemaak en 'n kwaai stem is hoorbaar. "Hoekom antwoord julle nie julle verdomde fone nie? Waar is julle?"

Roger wys vir Maryna om te antwoord. "In die sitkamer."

Pieter het 'n lap in Sam se mond gedruk. 'n Man kom in en loop hom vas in Pieter se vuis. Hy syg grond toe. Maryna frons. "Ek dink Sam is reg. Diederik vermoed iets. Ek ken nie hierdie ou nie. Ek is seker Diederik het hom gestuur om te sien of hy gaan terugkom."

Die man kom vervaard regop, maar word vinnig geboei. "Vertel bitter vinnig wie jy is en wat jy hier soek. Ons geduld is op."

Hy kyk verward van Maryna na Sam wat vasgemaak is. Hy stotter. "Iemand het my gestuur om te kom kyk hoekom die twee nie hulle fone antwoord nie?"

"Wie het jou gestuur en wie is jy?"

"Die baas het my gestuur en ek is Freek."

"Het die baas 'n naam?"

Freek kyk hulpsoekend na Sam en Maryna. Toe dit lyk of hulle nie gaan help nie trek hy sy skouers op. "Ek ken nie sy naam nie."

"Dis nie baie slim om vir iemand te werk wat jy nie ken nie. Dit kan mens in groot moeilikheid bring, dink jy nie?" Roger raak haastig. "Nou goed, my geduld is op. Ons vat julle selle toe en daar sal ons sien met watse antwoorde julle vorendag kom. Tensy een van julle besluit om vir ons ietsie te gee wat ons sal help om die groot baas op te spoor."

Maryna sug. "Ek besef nou eers hoe goed hy is. Ek was nog nooit saam met hom by enige ander plek as waar Emma my gekry het nie. En natuurlik hierdie huis."

"En 'n foto?"

"Hy het nog altyd geweier dat ek 'n foto van hom neem." Sy kyk na Freek. "Nou het ek gesien wat hy bedoel met *live bait.*"

Roger praat op sy tweerigting radio. "Julle manne kan maar inkom. Hier gaan nie veel verder gebeur nie. Hier is drie van hulle."

Nadat die drie weggevat is stel Roger voor, "Ek dink ons los maar 'n paar manne vir ingeval hier nog iemand kom. Dit sal interessant wees om te sien in wie se naam die huis geregistreer is."

"Ja, en ek skuld jou 'n verskoning. Ek kan nie glo die man het wragtig weer weggekom nie. Dit was so amper."

"Ons moet net geduldig wees, 'slim vang altyd sy baas'. Hy gaan te selfversekerd raak."

"Ek hoop dit is gouer as later."

Hoofstuk 8

Estelle stop voor die huis waar Emma en die kinders gaan bly. 'n Wag kom nader. Estelle draai haar venster af. "Hallo, Henry. Hierdie is Emma en die twee kinders wat vir 'n rukkie hier kom bly."

Emma is dankbaar toe sy die vriendelike glimlag van die ouerige man sien en groet spontaan. "Hallo, Henry."

Hy beantwoord hulle groet met 'n breë glimlag. Hulle ry in en stop aan die agterkant van die huis. Emma is verras oor die groot erf en lekker bome. Alles is netjies en lyk baie huislik. Sy luister bly na Mientjie se opmerking. "Kyk Santjie, daar's 'n boom! Kan ons maar in hom klim, tannie Estelle?"

Santjie kyk onseker na Emma. "Sal iemand nie met ons raas nie?"

Emma glimlag. "Natuurlik kan julle. Solank julle nie iets doen wat julle kan seermaak nie, is alles piekfyn."

Estelle sê, "Ek glo alles is hier wat julle nodig mag kry. Ons sal later julle persoonlike goedjies kry en dit vir julle bring. Hier is darem 'n televisie in die huis en 'n swembad aan die anderkant."

"Dankie Estelle, ons sal reg wees. Hierdie was 'n wille paar dae en ek dink ons gaan nou lekker ontspan. Ons is nie haastig nie."

"Nou maar goed, kom ek stap saam met julle om seker te maak als is reg."

Sy vat Mientjie se hand en Emma bring vir Santjie. Die huis se gordyne is vrolik en daar is 'n televisie in die sitkamer. Die dogtertjies vergaap hulle aan alles.Emma glimlag vir Estelle. "Hulle lyk beslis tevrede."

Estelle gee vir elkeen 'n drukkie. "Nou maar toe, ek hoop julle bly baie lekker hier."

Mientjie en Santjie stel dadelik verder ondersoek in. Emma loop saam met Estelle na haar motor toe. "Ek het nie besef die staat het sulke oulike plekke nie?"

"Nee, dit behoort aan 'n boer wie se kleinkind 'n paar jaar gelede deur dieselfde drama is as julle en hy het besluit om die plek te koop en in te rig vir situasies soos julle s'n."

Emma skud haar kop. "Hoe gereeld gebeur hierdie dinge dan?"

Estelle antwoord: "Baie meer as wat die meeste mense besef, Emma en nie almal is so gelukkig soos julle nie."

Hulle hoor die meisies gil en storm in die gang af. Mientjie en Santjie hou mekaar vas terwyl hulle op en af spring. "Kyk julle, hier is 'n bad!"

Emma blaas haar asem stadig uit terwyl sy vir Estelle verduidelik. "Hulle moes altyd in 'n skotteltjie was in hulle karavaan."

Estelle lag. "Lyk my julle gaan nog baie pret hê. Nou toe, ek moet nou rêrig gaan werk. Ons gesels later weer."

* * *

Roger soek later na Estelle by die polisiestasie. "En toe, hoe lyk die klompie vir jou? Is hulle erg getraumatiseer?"

"Ja, die arme kleintjies mis hulle ma, maar ek moet sê, die feit dat Emma daar was en hulle rustig gehou het, het baie gehelp."

"Dis goeie nuus. En Emma? Is sy oraait?"

Estelle knipoog vir hom. "Ek is seker sy sal nog nagmerries kry, maar met 'n bietjie bystand van 'n sekere speurder, sal sy sekerlik oorleef."

Roger glimlag. "Ag so. Waar is hulle?"

"By ons huis van bewaring. Jy kan nie dalk help om hulle persoonlike goed by hulle te kry nie?"

"Jy vra so mooi."

"Die vraag is eintlik, wil jy graag?"

Roger sien die vonkel in haar oë. "Jy sal graag wil weet. Omdat dit deel van my werk is sal ek gaan."

Estelle lag. "Ja, ja. Wat het toe verder by die huis gebeur? Emma was baie bekommerd oor jou."

Hy kyk ondersoekend na haar. "Is jy nou snaaks? Daar het niks gebeur nie. Die ou is glibberiger as 'n baber en lyk my hy het oë oral."

Estelle lag. "Nie 'n slang nie?"

"Het jy al 'n baber probeer optel?"

"Nee, ek's nie 'n *fan* van visvang nie."

Hy lag. "Nou toe, *duty calls*, laat ek gaan help om hulle goed by hulle te kry."

Hy bel die foon wat hulle saam gekoop het se nommer en wonder hoe lank sy nog hier gaan wees. Net toe hy dink sy gaan nie antwoord nie, hoor hy haar stem.

"Hallo . . .?"

"Genugtig, ek het gewonder of jy die foon weggegooi het?"

Sy lag. "Nee, toe dit lui moes ek dit eers soek, dit het onder die bank ingeval. Ek hoop nie jy klink ongeduldig nie? Is jy haastig om terug te gaan huis toe?"

"Nee, ek sal nog 'n ruk hier moet bly totdat die saak afgehandel is."

"O, ek ook."

"Hoe so? Jy kan mos net weer kom wanneer die saak voorkom."

"Ek het aangebied om eers by die kinders te bly totdat daar oor hulle lot besluit is?"

"Ai Emma, weet jy waarvoor jy jou inlaat? Die kinders gaan geheg raak aan jou en jy aan hulle."

"Ek verstaan dit Roger, maar ek wil hulle graag help totdat ons weet wat aangaan."

"Emma, jy is nou emosioneel, maar jy het self ook berading nodig?"

"Is jy nou skielik 'n sielkundige ook? Dit beteken nie omdat ek bang is vir vlieg, dat ek swak is nie, Roger."

"Ek het dit nie gesê nie, maar wat is die ergste wat nog in jou lewe met jou gebeur het? Behalwe vlieg."

Emma bly 'n rukkie stil. "Juis, Roger. Dit voel vir my of ek in 'n *bubble* grootgeword het. Hierdie kinders het al soveel deurgemaak. Die minste wat ek vir hulle kan doen is om hulle by te staan in hierdie tyd. Susan het ook met my gepraat en ek het klaar besluit."

"Onthou asseblief net dat hulle nie jou verantwoordelikheid is nie."

Emma voel teleurgesteld. "Jy klink so harteloos."

"Ek is nie harteloos nie, Emma. Maar daar is sekere dinge wat mens nie kan verander nie en net moet aanvaar."

"Maar soms kan mens wel 'n verskil maak al is dit klein. God sê juis ons is Sy hande en voete hier op aarde."

Hy sug. "Dis seker waar. Het jy toe iemand gekry om na jou kat te kyk?"

"O hene, ek het nog nie daaraan gedink nie. Probeer jy my terugkry in Sannieshof?"

Roger lag. "Estelle het my gevra om julle te help om julle persoonlike goed te kry. Jou goed is seker nog in die hotel?"

"Jip. As dit nie te veel moeite is nie, sal ons jou hulp waardeer."

"Ek is op pad."

"Dankie." Emma voel verspot opgewonde om te dink dat sy hom weer gaan sien. Sy wens sy het geweet hoe hy voel. Sy hoop nie hy dink sy gaan nou in die pad wees nie. Die meisies speel onder die boom en Emma hoor hulle later roep. "Tannie Emma, hier is iemand."

Emma gaan buitentoe. Roger is nog voor die hek en wag vir Henry om oop te maak. Sy sien hulle praat en dan ry Roger in. Emma se hart klop warm terwyl sy hom dophou. Hy glimlag breed toe hy nader kom en dit laat Emma dink aan 'n warm sonnetjie op 'n yskoue wintersoggend. Hy fluit vrolik voor hy vra, "Wag julle drie mooi dames dalk vir my? Lyk my julle het na my verlang."

Emma kyk gemaak vies na hom. "Gmf, jy sal jou wat verbeel. Ons wag vir 'n taxi en het beslis nie na jou verlang nie."

Roger lag. "Al die taxi's is vandag besig. Julle beter inklim of julle sal moet stap."

Mientjie en Santjie sit doodstil en kyk ernstig na hom. Emma sien die onsekerheid in hulle oë. Sy gaan sit by hulle. "Onthou julle nie die oom wat ons kom help het by die ander huis nie. Dis hierdie oom, oom Roger."

Mientjie glimlag skaam. "Ek het so gedink, maar ek was nie seker nie. Alles was so deurmekaar. Dankie dat oom ons kom help het."

Santjie klim op Emma se skoot en weier om iets te sê. Emma staan met haar in haar arms op. "Wel, meisies, ons wil nie loop nie, so ons sal seker maar saam met die oom moet ry om ons goedjies te gaan kry."

Mientjie knik. "Dis reg, tannie Emma, solank ons net by tannie kan wees. Tannie skuld ons nog 'n sweetie omdat ons so soet was."

Emma lag. "Ek het nie vergeet nie."

Roger maak die motordeure oop. Emma tel vir Santjie agter in en Mientjie klim ook in. Sy self klim voor in. "Dankie vir jou moeite." Sy vra sagter. "Dink jy dis 'n goeie idee om hulle goed te gaan haal?"

Roger frons. "Ons gaan eers hotel toe dan sal ek vir Susan bel en vra wat sy dink?"

"Ja, sy sal die beste weet."

Roger kyk in die truspieëltjie na die twee dogters. "Bly julle twee darem lekker by tannie Emma?"

Mientjie antwoord. "Ja oom, sy is baie gaaf en slim. Sy het geweet oom gaan ons kom help nog voor oom daar was."

"Regtig? Ja nee, ek stem saam sy is nie sommer enige tannie nie."

Emma loer in sy rigting en wonder wat hy bedoel. By die hotel vra sy sag. "Ek is seker simpel, maar dink jy nie iemand wag my dalk in nie."

"Jy is nie simpel nie, Emma. Inteendeel, dis goed dat jy versigtig is, maar ons het voorsorg getref."

Sy lag verlig. "Ek moes dit seker geweet het."

"Is dit 'n kompliment?"

Emma glimlag. "Dalk."

Toe hulle uitklim vat Emma die meisies se hande. "Kom julle twee, ons gaan net gou my goedjies kry dan gaan ons vir julle lekkers koop." Dit is genoeg motivering vir hulle om saam te stap.

Roger loop agter hulle tot by die kamerdeur. "Ek wag hier buite dan bel ek gou vir Susan."

Emma kyk onseker na hom. Sy is glad nie lus om alleen in te gaan nie. Roger glimlag. “Dit was deel van die voorsorg om seker te maak daar is niemand binne nie, maar as dit jou beter sal laat voel gaan ek eers saam met julle in.”

Sy voel belaglik toe sy besef hoe onseker van haarself sy klink. “Toemaar, dis nie nodig nie.”

Emma is dankbaar toe hy antwoord. “Nee, ek doen dit graag. Mens kan nooit te versigtig wees nie.” Hy maak die deur oop en loop voor. Hy kyk ook in die badkamer. “So ja, alles is piekfyn.”

Emma pak alles vinnig in haar tas. Haar herinneringe aan die plek is nie goed nie. Sy sien Mientjie kyk peinsend na haar. “En nou Mientjie, as jy so na my kyk?”

“Ek wonder sommer wat met my en Santjie gaan gebeur as my Mamma nie gou na ons toe kan kom nie. Oupa sal ons nie wil hê nie. Het tannie nie ook kinders wat vir tannie wag nie?”

Emma gaan sit by hulle op die bed. “Nee, ek het nie kinders nie, net ’n kat. Ons moet net altyd onthou God weet wat die beste vir ons almal is. Julle glo dit mos?”

“Ja Tannie. Hy sal ons help.”

Emma druk die dogtertjies teen haar vas en wens haar geloof was so sterk soos Mientjie s’n.

Roger kom in. “En nou as julle drie so op die bed sit asof ons heeldag tyd het? Wil julle hier bly?”

Emma staan dadelik op. “Nee dankie, ons huisie is baie beter. Kom julle twee, dis sweetie tyd.”

Hulle staan soos een man op. Santjie sê: “Kan ek asseblief smarties kry?”

“En ek wil graag chips hê,” laat Mientjie hoor.

Emma lag. “Reg so.” Sy voel Roger se oë op haar. Sy kyk na hom en sien hy skud sy kop. Sy besef dat hulle nie na die kinders se huis moet gaan nie en sy is verlig. Sy weet nie wat sy sou doen as sy hulle oupa daar moes kry nie. Haar gevoelens jeens hom is nie baie positief op hierdie stadium nie. By die winkel bly hulle naby mekaar. Hulle kry wat nodig is en Emma vat sommer inkleurboeke, potlode, legkaarte en twee beertjies. Sy sien die twee dogtertjies se oë blink en hoe Roger 'n klomp pakkies lekkers ook vat. Emma voel stil tevrede. Veilig terug in die motor laat Emma haar asem stadig uit. Roger sit sy hand op hare. "Is jy seker jy is reg, Emma?"

Sy byt op haar lip en besef dat sy baie gespanne is. Sy sê egter hardop, "Natuurlik Roger, jy kan mos sien ons drie laat ons nie onderkry nie."

Hy gee haar hand 'n drukkie voor hy dit laat gaan. "Ons sal weer gesels."

Sy knik. "Dankie vir al jou moeite. Ek weet dit sou nie toelaatbaar wees as jy nie saam met ons gegaan het nie."

"Dit is die minste wat ek kon doen en dis 'n groot plesier." Hy wys na agter. "Ons is ook nie alleen nie."

Emma skrik en kyk vining na agter. Roger sit dadelik sy hand op hare. "Ek bedoel ons mense."

Sy sug verlig. Terug by die huis maak Roger homself op die bank tuis. Emma pak die pakkies uit. Die meisies draai om haar rond en sy wag aspris voor sy die pienk en pers beertjies te voorskyn bring. Sy kyk van die een na die ander. "Ek wonder of julle van iemand weet wat van die beertjies sal hou?"

Roger antwoord dadelik, "Ek is mal oor pienk. Kan ek die pienke kry?"

Emma lag toe Mientjie geskok vra, "Hou mans dan van pienk bere, oom Roger."

Roger vra, "Nou vir wie dink julle het tannie Emma dit gekoop?"

Santjie laat skaam hoor. "Dalk vir ons?"

Emma glimlag vir haar. "Jy is heeltemal reg, Santjie. Ek het gedink jy sal dalk van die pienke hou en Mientjie van die perse. Ons sal maar volgende keer vir oom Roger 'n bruine koop."

Hulle giggel en staan op hulle tone om vir Emma dankie te soen. "Tannie het reg geraai. Ek was nog altyd mal oor pers en Santjie oor pienk. Vreeslik baie dankie, tannie Emma. Hulle gaan elke aand by ons slaap."

Santjie sê gelukkig. "Nou het my ou geletjie 'n maatjie."

"Ja sussie, al het ons gedink hy was bruin voor tannie Emma hom gewas het."

Emma lag. "Ja, dit het ons eers 'n hele paar wasse later agtergekom."

Roger vra: "Het julle hom opgetel?"

Mientjie antwoord. "Nee, 'n arm oom het dit die anderdag vir Santjie gegee toe sy so gehuil het."

Roger frons en Emma sê, "Ek sal jou later vertel."

Roger gaap kastig, "Ek wonder of hier koffie in die huis is?"

Emma kyk geamuseerd na hom. "Ek dink nie so nie."

Mientjie kyk verbaas na haar. "Haai tannie Emma, hier staan die koffie dan op die kas!"

Roger lag en vra vir Santjie wat langs hom sit, "Santjie, dink jy tannie Emma kan koffie maak of moet ek maar vir ons maak?"

Santjie trek haar skouers op. "Ek weet nie, oom Roger, maar ons mag nie koffie drink nie, net tee of sap. Mamma sê koffie is sleg vir ons."

Roger kyk na haar. "Sy is seker reg."

Mientjie antwoord: "Ons drink rooibostee."

Emma lag: "Gelukkig is hier. Ek sal gou vir ons koffie maak en vir julle twee tee." Emma wonder of dit moontlik is dat 'n ma wat besorg is oor wat haar kinders drink, hulle dan kan verkoop?

Nadat alles uitgepak is maak Mientjie haar ook langs Roger tuis. "Oom Roger, gaan jy ook hier by ons bly?"

Emma sien die pret in sy oë toe hy vir haar kyk en sy sê, "Nee, ons drie vroumense bly alleen hier. Hier is nie nog 'n kamer vir 'n man ook nie. Hy het in elk geval sy eie kamer in die hotel."

Roger lag. "Maar geen geselskap nie. Kan ek nie maar hier op die bank slaap nie?"

Emma kan nie besluit of hy ernstig is nie. "Nee, jy kan nie. Ons het in elk geval nog baie wat ons wil doen. Is jy nie eintlik nou nog aan diens nie?"

Hy staan op. "Ja, Baas. Ek sal êrens anders bietjie koffie gaan vra."

Emma laat haar oë skuldig sak. "Baie dankie weereens. Ek weet nie wat ons sonder jou sou doen nie."

Roger lag, vryf die meisies se hare deurmekaar en verdwyn. Mientjie kyk na Emma, "*Shame* tannie, ons het nie eers vir hom koffie gegee nie."

"Ons sal volgende keer vir hom twee bekers gee." Sy knyp Mientjie se wang liggies en is nou vies vir haarself. Sy wonder waar hy nou koffie gaan bedel.

***

Roger besluit om by Susan te stop. Hy klop en sien dat sy moeg lyk. "Hallo Susan, ek hoor jy het toe reggekom met iemand om vir eers na die twee ontvoerde dogtertjies te kyk?"

"Ja, dit was regtig soos 'n gebed wat beantwoord is. Die vroutjie, Emma, wat ook ontvoer is, het aangebied om te help. Sy lyk na 'n pragtige mens."

Roger frons. "Dink jy sy is opgewasse daarvoor?"

"Ek glo so, Roger. Hoekom lyk dit of jy jou bedenkinge het? Ken jy haar dan?"

"Ek ken haar nie goed nie, maar sover ek weet het sy baie beskermend grootgeword en is dit die eerste keer dat sy deur so iets is."

Susan glimlag. "Ons sal die situasie goed monitor. Daar is nie nou baie beskikbare pleegouers nie en die twee dogtertjies vertrou haar. Hulle word darem bewaak ook. Ek is van plan om weer met Emma te gesels."

Roger knik. "Ek weet jy doen jou werk goed, Susan. Ek sal ook help waar ek kan. Ek is sommer moedeloos omdat ons die groot vis nie vasgetrek kon kry nie."

"Ja, ons almal wil hom agter tralies sien." Susan kyk nuuskierig na hom. "Die Emma, is daar iets wat jy my nie vertel nie?"

Roger lag. "Jy en Estelle is ewe erg. Daar is niks om te vertel nie. Ek dink net nie sy weet presies waarvoor sy haar inlaat nie."

Susan knipoog. "Maar dis mos nou waar jy inkom. Die sterk speurder wat die drie onskuldige meisies eers red en dan beskerm."

Roger trek 'n suur gesig. "Julle vrouens maak van alles iets romanties."

Susan giggel. "En jy is seker dit is niks van die aard nie?"

"Nee, beslis nie. Vroumense voorspel in elk geval net moeilikheid."

"Hmm, ons sal weer praat, maar ek is nou bekommerd omdat dit lyk of jy dink sy sal dit nie kan hanteer nie. Het jy enige voorstelle?"

"Nee nie regtig nie en sy het in elk geval klaar besluit."

Hoofstuk 9

'n Paar dae later besoek Susan vir Debbie in die tronk. Sy hou haar dop terwyl sy nader kom en wonder wat deur haar gedagtes gaan. Elke nuwe saak waarmee sy werk maak haar van vooraf dankbaar vir die kanse wat sy in haar eie lewe gegun is. In haar ondersoek oor Debbie se verlede is dit duidelik dat haar ma sieklik en haar pa baie afwesig was. Sy lei dus af dat Debbie meestal aan haar eie genade oorgelaat was. Uit ondervinding het sy geleer dat kinders in sulke omstandighede soms vroeg seksueel aktief raak omdat hulle na liefde soek. In Debbie se geval was dit ook waar, want sy was skaars agttien toe Mientjie gebore is. Susan staan op toe Debbie met krom skouers voor haar staan en sy sien dat sy heelwat ouer lyk as wat sy is. Susan wys na 'n stoel en Debbie gaan sit sonder om op te kyk.

"Hallo Debbie, ek is Susan en ek gaan met jou saak werk. Hoe gaan dit met jou?"

"Oraait . . . , dankie."

"Ek is bly. Ek sal graag bietjie meer van jou lewe met jou twee kinders wil hoor as jy nie omgee om dit met my te deel nie."

"Dis reg." Debbie skuif rond op die stoel en Susan voel jammer vir haar.

"Het jy onderhoud vir hulle van hulle pa gekry?"

"Nee, hulle pa's het nie in hulle belang gestel nie."

"Hulle het dus nie dieselfde pa nie."

"Nee."

"Bly jy nog altyd by jou ouers?"

"Nee, na Mientjie gebore is, het my pa my weggejaag. Hy het gesê dis nie sy verantwoordelikheid om na my kind om te sien nie. Ons het soms 'n kamer êrens gekry of anders op straat gebly. Toe Santjie gebore is, het ek my ouers gesmeek om ons terug te laat kom huis toe. My ma het gedreig om my pa te los as ons nie daar kon bly nie. Hy het gesê ons kan in die ou karavaan bly. Ma het gehelp waar sy kon totdat sy oorlede is. Pa het na haar dood gedreig om ons weg te jaag as ek nie 'n plan maak om meer geld in te bring nie."

"Dis toe jy met prostitusie begin het."

Debbie se vingers strengel in mekaar waar haar hande in haar skoot lê. "Ek het ander werk gesoek. Werk is skaars."

"Vertel my bietjie meer van jou kinderlewe."

"Dit was seker soos die meeste ander kinders s'n. My pa was min by die huis en my ma was swak. Daar was nooit juis geld vir kos nie, maar my pa het altyd drank gehad. Ek moes sorg dat alles in die huis gedoen word omdat my ma so gesukkel het."

"Dit klink of sy met jou kinders oor Jesus gepraat het? Het sy met jou ook oor godsdiens gepraat?"

"My pa het haar verbied omdat hy gesê het dis snert. Wanneer hy nie daar was nie, wou ek lekker dinge doen en was nie toe lus om daarna te luister nie. My ma het my maar laat begaan. Seker omdat sy skuldig gevoel het omdat ek so hard moes werk."

"Wanneer het jy dwelms begin gebruik?"

'n Lang stilte volg voor sy antwoord. "Ek was seker veertien of vyftien. Ek het maar altyd by die bure se seuns gaan kuier want hulle was altyd gaaf met my. Hulle het dwelms gehad en het dit aan die begin verniet met my gedeel sodat ons saam lekker kon voel. Later moes ek vir hulle gunsies doen in ruil daarvoor omdat ek nie geld gehad het nie. Toe ek besef hulle het my gevang, was dit reeds te laat." Susan ervaar berou in die vrou wat met haar gesig in haar hande sit.

"Ek veronderstel hulle is jou kinders se pa's?"

Haar stem is gesmoord. "Ek is nie seker nie, hulle vriende het ook graag dwelms gedeel."

"Debbie, die polisie-ondersoek wys dat die karavaan nie oopgebreek is toe jou kinders die aand ontvoer is nie? Sluit jy dit nooit voor jy uitgaan nie?"

Susan sien vrees in Debbie se oë. "Ek sluit dit gewoonlik. Is hulle seker?"

"Doodseker."

"Ek verstaan dit nie. . .ek. . ."

"Een van die ontvoerders sê jy het jou kinders aan hulle verkoop."

"Dis nie waar nie! Ek sal mos nooit so iets doen nie!"

Susan weet dit sal nie die eerste keer wees wat so iets gebeur nie en die manier wat Debbie rondskuif en glad nie in Susan se oë kyk nie, vertel 'n ander storie. "Ek wens jy wil eerlik met my wees, Debbie, sodat ek jou kan help."

Na 'n lang stilte laat sy hoor. "Hulle het gesê daar is mense wat kinderloos is en vir my kinders alles sal gee wat hulle nodig het. Hulle het gesê ek is selfsugtig as ek nie vir my kinders 'n beter lewe gun nie. Verstaan jy. . . ek het dit vir my kinders gedoen."

"Wie is die hulle waarvan jy praat?"

"My baas."

"Het hy 'n naam?"

"Seker. Hy het my gehelp toe niemand anders wou nie."

"Het hy ooit vir jou gesê wie die ouers van jou kinders gaan wees?"

"Nee, maar mens kan dit verstaan. Hy sê aanneemouers is bang dat biologiese ouers die kinders later wil terug hê."

"Hoeveel het hulle jou betaal, Debbie?"

"Ek het dit nie vir die geld gedoen nie, ek het dit vir my kinders gedoen. Regtig, ek wou nie hê hulle moes soos ek lewe nie." Susan hoop Debbie se trane is eg.

"Hoeveel Debbie?"

Sy fluister. "Twintig duisend."

Susan kan nie die afkeur uit haar stem hou nie. "Tienduisend vir elk?"

"Daar is baie ouers wat nie kinders kan hê nie, maar nie almal is bereid om twee sussies aan te neem nie. Veral nie as hulle al so groot is nie. Die welsyn kan ook nie altyd sorg dat hulle bymekaar bly nie."

"Is dit ook wat jou baas vir jou vertel het."

"Ja, maar ek het dit by ander mense ook gehoor."

"Debbie, dink jy regtig vir een oomblik dat mense wat bereid is om vir kinders te betaal, en dan nog so min ook, goeie bedoelings het?" Sy wonder of Debbie naïef is en of sy net baie goed toneelspeel. Sy het haar al lelik misgis met mense in die verlede.

"Hierdie man en vrou probeer al lank om kinders aan te neem maar hulle kon nêrens regkom nie. My baas het selfs vir my foto's van hulle en van hulle huis gewys . . . ons het nie eers elke dag genoeg kos om te eet nie. Verstaan jy dan nie?"

Susan kyk na haar uitgeteerde liggaam en wonder hoeveel is van te min kos en hoeveel is die gevolg van dwelms. "Wonder jy darem waar jou kinders nou is?"

"Ek weet hulle is by 'n oulike vrou wat gesê het sy sal mooi na hulle kyk. Ek dink die heeltyd aan hulle. Ek sal enige iets doen om te vergoed vir wat hulle moes deurmaak." Sy laat haar kop sak. "Sê asseblief vir haar dankie. Sy het gaaf gelyk."

"Sy is dierbaar. Ek sal vir haar sê."

"Wat dink jy gaan met my gebeur?"

"Ek weet nie wat die hof gaan besluit nie. Ook nie wat van jou kinders gaan word nie?"

"Maar hulle is dan by die oulike vroutjie."

"Hulle sal nie vir altyd by Emma kan bly nie, Debbie."

"Seker nie." Haar stem is slegs 'n fluistering.

Susan kyk na Debbie se lewelose oë en kan nie help om moedeloos te voel oor die situasie nie.

"Debbie, hoekom gebruik jy nie die tyd in die tronk en skryf in vir een of ander kursus nie. Daar is sulke wonderlike geleenthede in die gevangenis. Jy kan nuut begin. Doen dit vir jou en jou kinders. Wys vir jou pa wat daar in jou steek."

Debbie antwoord kop onderstebo. "My pa het nog nooit oor my ge*worry* nie. Dit was altyd net my boetie."

"Jy kan nie altyd aan hierdie gedagtes vasklou nie, Debbie. Besluit om bo dit uit te styg." Susan staan op en hou haar hand na Debbie uit. "Ek moet nog iemand sien, maar dink asseblief oor wat ek vir jou gesê het. Ek sal jou help waar ek kan."

Debbie knik en word teruggevat na haar sel toe. Susan gaan sit weer terwyl sy vir Maryna wag. Maryna lyk baie meer selfversekerd as Debbie toe sy met reguit skouers aankom en vir Susan in haar oë kyk.

Susan staan op. "Hallo Maryna, ek is Susan. Ek werk in die gevangenes en het kom hoor of jy goed behandel word of dalk iets nodig het?"

"As jy my kan help om hier uit te kom sal dit gaaf wees, anders is daar niks."

Susan is gewoond aan hierdie reaksie. "Sit asseblief. Ek is jammer dat jy hier opgeëindig het, maar ek glo met goeie gedrag sal jy darem nie te swaar gestraf word nie. Jy het mos net opdragte uitgevoer, of hoe?"

"Wie gaan my glo? Ek het niks en is niemand nie."

"En jy glo as jy geld en status gehad het sou jy kon uitkom?"

"Natuurlik, ek is nie stupid nie."

"Mag ek weet hoe jy by die sindikaat betrokke geraak het."

"Ek het nie by 'n sindikaat betrokke geraak nie. Ek het by 'n man wat my eens op 'n tyd uit die *gutter* gehelp het, betrokke geraak."

"Het jy niks vermoed toe hy jou gevra het om vir Emma na julle woonstel toe te lok nie?"

"Waar kom jy daaraan? Jy kan seker glo wat jy wil. Ek weet net Diederik is die enigste een wat nog ooit vir my omgegee het."

"Glo jy regtig hy gee vir jou om, Maryna? Gebruik hy jou nie maar net nie? Is Emma nie eintlik die een wat regtig vir jou omgee nie?"

"Emma weet niks. Sy het dit nog altyd maklik gehad."

"Miskien, maar as jy haar vertrou het kon sy jou dalk help."

"Jy sal nie verstaan nie. Wat wil jy nog weet?"

"Wat gaan jy doen wanneer jy hier uitkom? Het jy êrens familie?"

"Nee, ek is alleen. Ek sal soos altyd my eie ding doen." Susan hoor hierdie keer is daar onsekerheid in haar stem.

"Emma het gevra of sy jou kan kom sien."

"Sy kan maak wat sy wil."

"Ek sal vir haar sê." Susan staan op en steek haar hand uit. "Maryna, onthou jy is nie jou verlede nie. Jy kan besluit wie jy in die toekoms gaan wees."

Maryna vat haar hand vlugtig en Susan wonder of enige iets wat sy gesê het, ingesink het. "Jy is welkom om my te laat kom as daar iets is waaroor jy wil praat." Susan voel aan dat Maryna nie so hardvogtig is as wat sy voorgee nie.

* * *

Emma besluit 'n paar dae later om Maryna te besoek. Sy sien Maryna wil omdraai toe sy haar herken, maar is bly toe sy tog besluit om nader te kom. "Hallo Maryna. Ek hoop nie jy gee om dat ek kom kuier het nie."

Maryna bly staan. "Emma, ek is lankal nie meer die vriendin wat jy geken het nie, het jy dit nog nie agtergekom nie? Ek was eintlik nooit nie."

Emma gaan sit en wag dat Maryna ook sit. "Moenie so hard op jouself wees nie, Maryna. Ek sou dalk nog erger opgetree het onder jou omstandighede."

Maryna is so lank stil dat Emma wonder of sy iets verkeerd gesê het. Dan kom dit sag. "Nee Emma, jy is een van daai wonderlike mense wat altyd die regte ding doen en nie soos ek, bestem is vir mislukking nie."

"Ag nee, Maryna! Jy moenie dit glo nie. Niemand is bestem vir mislukking nie."

"Nou hoe verstaan jy dat ek weer in dieselfde situasie beland het as waarvan ek wou wegvlug?"

"Maryna, die vraag is of jy dinge wil verander as jy hier uitkom. Jy was nog 'n kind toe jy by Diederik betrokke geraak het."

"Ek weet nie. Ek weet nie hoe nie. Dit voel vir my of ek nog my lewe lank 'n leuen leef."

"Wel, ek onthou nog hoe jy altyd vir bedelaars kos en geld gegee het. Jy kon ook nie verby enige gogga loop wat seergekry het nie. Jy wou altyd alles en almal om jou help."

"Dis net jammer ek kon myself nooit help nie."

"Dis nie jou skuld nie, Maryna. Dit was omstandighede."

"Miskien . . . ek weet nie. Maar jou vriendskap het regtig vir my baie beteken op skool. Ek het einlik niemand anders gehad nie."

"Jy het vir my net so baie beteken. Dit was nog altyd vir my maklik om met jou oor enige iets te gesels, veral geestelike dinge."

"Glo jy nog steeds daar is regtig 'n God, Emma?"

"O ja, Maryna! Nou nog meer as ooit! Sien jy nie hoe God alles inmekaar laat pas het met die hele ontvoering nie? Alles het mooi uitgewerk en jy is uit daardie man se kloue."

"En in die tronk." Emma weet sy kan nie vir Maryna kwalik neem dat sy so bitter klink nie.

Die tronkbewaarder wys dat die besoektyd verby is. Hulle gee mekaar 'n drukkie en Emma sê, "Jy sal sien, alles sal nog regkom." Emma dink nie Maryna glo haar op hierdie stadium nie, maar sy is vasbeslote om hierdie vriendin te help om weer op haar voete te kom.

* * *

Terug in die selle sien Maryna hoe 'n medegevangene rondgestamp word. 'n Tronkbewaarder kom nader en almal verdwyn in verskillende rigtings. Maryna hoor die bewaarder sê, "Jy sal moet versigtig wees, Debbie. Meeste vroue hou nie van ma's wat hulle kinders verkoop nie."

Die nydigheid in haar stem ontgaan Maryna nie. Sy sien hoe Debbie verbleek en eenkant gaan sit. Later toe hulle eet, gaan sit Maryna by haar. Dit lyk of sy koes en Maryna sê, "Ek is nie een van die wat jou wil seermaak nie. Mag ek vra hoekom jy hier is?"

"Die polisie sê ek het my kinders verkoop vir drugs maar dis nie waar nie."

Maryna kry 'n krieweling in haar binneste. "Is dit twee dogtertjies?"

Debbie kyk verbaas na haar. "Ja, hoe weet jy?"

"Ek was daar. Ek moes hulle regkry vir kinderprostitusie."

Maryna sien hoe die kleur uit Debbie se wange verdwyn. "Dan is dit waar? Hulle sou regtig verkoop word vir seks."

Maryna kyk ongelowig na haar. "Wat het jy gedink?"

"Diederik het gesê hy het iemand wat hulle wil aanneem."

Maryna verbleek. "Dicdcrik?"

"Ja, ek het vir hom gewerk."

"Waar?"

"Naby die stasie. Hoekom vra jy?"

"Ek werk ook vir hom. Dis hy wat jou kinders vir my gebring het."

"Ek het gewonder . . . hy het gesê hy sal my help toe niemand anders wou nie."

Maryna antwoord lusteloos. "Dis sy manier en ek was onnosel genoeg om te glo hy het my lief."

"Ons almal wil seker maar glo dat iemand vir ons lief is."

Maryna voel verraai en dit maak haar woedend. "Hoe kan 'n mens so stupid wees om so iemand te glo? Ek haat die vark!" Sy dink aan Emma en Susan se woorde en besef dat almal geweet het wat sy geweier het om te glo. Sy besef vir die eerste keer hoe naief en kinderagtig sy was. Sy slaan met haar vuis teen die muur en vloek toe 'n steekpyn deur haar arm trek. Die skrik in Debbie se oë laat haar opstaan en loop.

* * *

Roger wens Pieter wil ophou met dieselfde deuntjie. "Hoekom gaan kyk jy nie net hoe dit met Emma gaan nie? G'n mens kan dit meer met jou uithou nie. Jy loop op en af soos iemand wat vasgekeer is."

Roger se stoel skuif agteruit toe hy vinnig opstaan. "Nou maar goed! Maar dit is net om jou stil te kry."

Pieter klap hande. "Halleluja! Uiteindelik!"

"Jy beter vir my *cover* terwyl ek weg is. Dis jou idee."

"Enige iets. Gaan net!"

Roger verdwyn by die deur uit. Hy wonder wat hy vir haar gaan sê. Dit was nooit voorheen vir hom moeilik om met enige iemand te gesels nie, maar Emma is anders. Sy wou die laaste keer nie eers vir hom koffie gee nie. Dit het vir hom gelyk asof sy hom uit die pad wou hê sodat sy haar oor die dogtertjies kon ontferm. Hy is ook nie seker of hy betrokke wil raak nie. Die gedagte dat sy lankal van hom vergeet het kom skielik by hom op en hy is lus om om te draai. Die gedagte aan Pieter se gesanik laat hom egter besluit om deur te druk.

Hy stop aan die oorkant van die pad om genoeg moed bymekaar te skraap en draai sy venster af. Die kinders se vrolike stemme laat hom glimlag. Die sekuriteitswag kom nader en hy haal solank sy ID kaart uit. "Dis goed om te sien jy is so wakker. Hier is my kaart. Ek kom loer net of alles nog reg is hier." Sy hande klem skielik om die stuurwiel toe hy Emma, ingehaak by 'n man, uit die huis sien kom. Hulle het net oë vir mekaar terwyl hulle in die kinders se rigting loop. "Wie is daai man?"

"Ek dink dis haar man. Hy bly daar by hulle."

Roger voel hoe sy bloedsuiker val. Hy is woedend. Hy wil die wag voor sy bors gryp en vertel dat hy nie 'n benul het hoe om sy werk te doen nie. Maar jare se ondervinding bring sy selfbeheersing terug en hy groet die wag beleefd. "Dankie, ek sien jy doen jou werk." Hy maak sy motorvenster toe en trek haastig weg. Terug by die hotel dwaal hy in die tuin rond. Later gaan sit hy langs die swembad. Vir die eerste keer vandat Emma in sy lewe ingevlieg het is hy eerlik teenoor homself en erken hy dat sy hom anders oor dinge laat dink. Sy is deesdae die rede hoekom hy elke oggend opgewonde wakker word. Hy besef dat sy lewe vroeër redelik om homself gedraai het en dat Emma hom kom wys het wat dit beteken om regtig vir ander mense om te gee. Sy het haar grootste vrees trotseer om vir 'n vriendin te kom kuier en toe haar werk en tuiste tydelik opgegee om na vreemde kinders te kyk. Hy het gehoor dat sy steeds vir Maryna en die kinders se ma in die tronk besoek.

Roger se gedagtes dwaal terug na Emma en die onbekende man wat so intiem na mekaar gekyk het. Dit voel vir hom of daar 'n gat is waar sy hart veronderstel is om te wees. Hy wonder of die man die rede is hoekom Emma nie eers vir hom wou koffie gee nie. Niks maak vir hom sin nie. Hy kan nie verstaan waar die man so skielik vandaan kom nie. Hy het Emma geglo toe sy gesê het daar is niemand in haar lewe nie. Roger is lus om terug te ry en die waarheid uit haar te forseer. Die besef dat hy haar verloor het maak hom depressief. Toe hy opkyk sien hy Pieter in sy rigting kom en hy wens hy kan op die bodem van die swembad gaan wegkruip. Daar's 'n frons tussen Pieter se oë. "Jy antwoord nie jou foon nie?"

Roger voel deur sy sakke. "Ek het dit seker in my kar vergeet."

"En? Hoekom lyk jy so bedremmeld? Het sy jou weggejaag?"

"Nee, sy het 'n ander liefde gevind en lyk dolgelukkig. Mens lol nie met iets wat werk nie."

"Het sy gesê sy het ware liefde gevind?"

"Ek was daar, ek het hulle gesien."

"Ai tog, die dinge gebeur. Soms moet 'n mens net vrede maak ter wille van oorlewing. Jou regte liefie loop nog hier êrens rond."

"Dankie vir jou meegevoel. Jy is so gevoelloos soos 'n vis."

"Jammer, ek het dit nie so bedoel nie. Dis net, soms moet 'n mens net aanbeweeg. "

"Pieter, jy verstaan nie. Sy is die mees onselfsugtige mens wat ek ken. Ek wil nie iemand anders hê nie!"

Pieter klap hande. "Nou toe! Daar erken jy dit ten minste."

Roger lag suur. "Dit verander niks aan die saak nie."

"Dalk tog, nou is jy dalk bereid om vir haar te veg."

* * *

Vincent en Emma sit op die stoep. Emma glimlag vir hom en sien dan die frons tussen sy oë. "En nou, die frons?"

Vincent sit sy hand oor hare. "Jy mis hom, nê?"

"Wie?"

"Ai sussie, ons ken mekaar mos darem beter as dit? Ek praat van daardie speurder wat elke keer opkom in ons gesprekke. Die een wie se naam jou oë so laat blink."

"Hoekom sal ek hom mis, Vincent? Daar is niks tussen ons nie."

"Hoe seker is jy?"

"Hy laat dan niks van hom hoor nie."

"Presies, en dit pla jou."

"Ag jy's laf! Hoekom sal dit my pla?"

"Sus, jy kan mos maar eerste kontak probeer maak? Ons lewe nie meer in die oertyd nie."

"Wat moet ek vir hom sê? Hallo Roger, wat maak jy? Gaan ek jou dan nooit weer sien nie?"

"Dis perfek."

Emma stik verontwaardig. "Jy's seker simpel. Dink jy nou regtig ek sal my naam so gat maak?"

Vincent lag. "Hoekom moet mans altyd die eerste *move* maak. Hy voel dalk nes jy?"

"Het jy niks by ouma Bessie geleer nie. Mans is die jagters. Van Adam en Eva se tyd af."

"Gmf. En wie het eerste 'n hap van die appel gevat?"

"Presies, en waar het dit hulle gebring?"

Hy lag. "Jy het ook altyd 'n antwoord vir alles. Jy kan vir hom sê die meisies mis hom"

Emma lag. "Dit sal nie 'n leuen wees nie, maar hy moet self besluit of hy my weer wil sien."

"Niks kon jou nog ooit stop as jy iets graag wou hê nie, Sus!"

Emma lag. "Presies! Ek wil hom nie graag hê nie."

Vincent sug. "Ek kan nie glo jy's so hardkoppig nie. Genade Emma, dis jou toekoms."

"En ek kan nie glo dat jy aanhou kerm oor iets wat nie is nie. Waar kom jy in elk geval daaraan? Hy is beslis nie my toekoms nie." Sy lag toe Vincent sy oë dakwaarts keer. "Jy is mos nou hier. Ek het niemand anders nodig nie."

"Ek gaan een van die dae terug, Sus. Ek kan nie vir altyd hier bly nie."

Sy trek 'n suur gesig. "Ek speel sommer. Natuurlik moet jy weer terug. Ek is regtig *fine*."

Vincent gooi sy hande in die lug. "Nou goed, kom ons los dit. Ek weet wanneer ek niks gaan uitrig nie."

Hoofstuk 10

Emma se foon lui. "Hallo Susan, dis 'n lekker verrassing! Jy wil seker hoor hoe dit met die meisies gaan?"

"Nee, ek hoor dit gaan goed met hulle. Die kindersielkundige gee gereeld goeie terugvoer. Dankie vir wat jy vir hulle doen."

"Hulle doen eintlik net so baie vir my. Hulle is absoluut *amazing* en so selfstandig, veral Mientjie."

"Ja, dit verstom my ook altyd hoe kinders wat van vroeg af op hulle eie aangewese is so volwasse is. Dis maar 'n manier om te kan oorleef."

Emma kyk deur die venster na die tweetjies waar hulle in die boom klouter. "Ja, seker. My oë het die laaste tyd oopgegaan. Ek is baie beskermend grootgemaak en voel skuldig omdat dit nog net goed met my gaan."

"En dis eintlik hoekom ek bel. Ek het nog nie by jou uitgekom nie. Dit gaan so dol hier, maar ek bly wonder hoe dit regtig met jou gaan?"

"Dit gaan baie goed, Susan. Moet asseblief nie oor my bekommerd wees nie. Dis so 'n voorreg om na hulle te kan kyk."

"Dan is ek baie dankbaar. Hulle ma het my gevra of hulle nie bietjie by haar kan gaan kuier nie? Dit lyk asof sy nie heeltemal besef het wat sy aan haar kinders gedoen het nie en nou het haar pa haar ook heeltemal afgeskryf. Ek dink sy mis hulle regtig baie."

"Ek kan net dink en dis baie erg van haar pa, maar dink jy dis 'n goeie idee, ek bedoel vir die kinders om te gaan kuier?"

"Ek wil juis hê jy moet probeer uitvind hoe hulle voel."

"Nou goed, ek maak so en dan laat weet ek jou. Weet jy al wat met hulle ma gaan gebeur?"

"Nee, nog nie."

"En Maryna?"

"Nee, ook nie."

"Nou maar goed, ek laat jou weet sodra ek met hulle gepraat het."

"Dankie vir al jou hulp, Emma."

Emma roep die dogterjies na haar kamer toe. "Raai wie het my gebel?"

Mientjie antwoord dadelik: "Oom Roger."

Emma kyk verbaas na haar en voel sommer afgehaal. "Nee, Mientjie. Oom Roger is baie besig. Dit was tannie Susan, onthou julle haar."

"Ja, sy was ook gaaf, maar ek verlang na oom Roger."

Santjie laat ook van haar hoor. "Ek verlang ook na hom."

Emma vra: "En verlang julle na julle mamma ook?"

Santjie lyk dadelik hartseer. "Ja, ek verlang baie na haar."

Mientjie kyk by die venster uit. "Nee, nie regtig nie." Emma hoor die verlange in haar stem en sy weet sy probeer om sterk te wees.

"Tannie Susan het gebel om te hoor of julle vir julle mamma wil gaan kuier. Dit sal net 'n kort kuier wees en net as julle wil."

Santjie klap haar hande. "Ja, ek wil! Wanneer kan ons gaan?"

Emma kyk bekommerd na Mientjie wat doodstil sit. "Ek sal vir tannie Susan bel en by haar hoor."

Mientjie staan op. "Ek sal by oom Vincent bly."

Emma bel vir Susan en verduidelik dat net Santjie sal kom. Die kuier word gereël vir later die middag. Santjie babbel aanmekaar op pad na Debbie toe en sy kry dit nie reg om stil te sit toe hulle in die besoekerslokaal wag nie. Emma verkyk haar aan die dogtertjie se ogies wat so blink en haar hart trek op 'n knop as sy dink hoe kort die kuier gaan wees. Haar gedagtes maak 'n draai by Maryna en dis nog steeds vir haar onverstaanbaar dat sy nooit agtergekom het waardeur haar vriendin gegaan het nie. Sy kyk rond na die ander gevangenes wat met hulle families kuier en wonder wat in hulle lewens skeefgeloop het. Sy besef dat dit sy kon wees as haar omstandighede anders was. Emma sien hoe Santjie se gesiggie ophelder. Sy glimlag vir die baldadigheid waarmee sy haar ma tegemoet hardloop.

"Mamma! Mamma!"

Die knop in haar keel voel te groot om af te sluk toe Debbie haar dogtertjie teen haar vasdruk maar haar oë soekend bly. Die twee kom hand aan hand aangestap. Emma verstaan die vraende uitdrukking in Debbie se oë.

"Jammer Debbie, maar Mientjie is nog nie heeltemal gereed hiervoor nie. Hoe gaan dit met jou?"

Debbie knik en tel vir Santjie op haar skoot. "Ek verstaan. Dankie dat jy vir Santjie gebring het. Dit gaan goed, dankie."

Santjie vryf oor haar ma se hare en Emma weet, die nou bekende knop in haar keel sal nog baie sy verskyning maak. "Dis 'n groot plesier en lekker om jou weer te sien. Hierdie klein klits verlang vreeslik na jou." Debbie kyk nooit in Emma se oë nie maar Emma verstaan dat dit vir haar moeilik moet wees.

"Dis goed om te weet. Gaan dit nog goed met Mientjie?"

"Jy, sy is 'n sterk mensie en baie volwasse."

Santjie druk haar vinger onder Debbie se neus. "Sy is kwaad vir jou."

Emma wens sy kan Debbie troos toe dit lyk of sy wegkrimp. "Sy is eintlik meer hartseer as kwaad omdat julle mamma nie by julle kan wees nie, Santjie."

"Is nie, sy is kwaad. Sy sê Mamma het ons aan die ooms verkoop. Sy het gehoor iemand het so gesê daai aand toe ons laas vir mamma gesien het."

Emma is geskok en kyk verskonend na Debbie. "Sy sal later verstaan. Is die behandeling darem orraait hier?"

"Die bewaarders is nogal gaaf, maar die ander vrouens in die sel hou nie van my nie, maar dis seker te verstane."

Santjie gesels land en sand sonder ophou en Emma kan nie glo dit is dieselfde stil dogtertjie wat sy leer ken het nie. Besoektyd is gou verby en dit lyk asof Debbie en Santjie nie wil afskeid neem nie. Debbie sê sag, "Santjie, jy moet vir Mientjie sê mamma is baie jammer dat ek nie mooi na julle gekyk het nie. Sê vir haar ek is baie lief vir julle. Ek gaan hard probeer om gou hier uit te kom en dan sal ek vir altyd mooi na julle kyk."

Santjie hou haar ma styf vas. "Ek sal vir haar sê. Mamma moet regtig soet wees dan kan jy vinnig na ons toe kom."

Debbie knik en stoot haar in Emma se rigting. Emma sien hoe haar liggaam ruk toe sy vining omdraai en wegloop. Sy roep agterna, "Ons sal weer kom, Debbie."

Santjie spartel snikkend om agter haar ma aan te gaan.

* * *

Vincent het nog net 'n week om saam met sy sussie te spandeer. Hy is bekommerd om haar alleen te los. Hy soek na die meisies. "Dink julle nie ook die huis kort 'n bietjie blomme nie? Kom ons gaan kyk wat's in die tuin."

Mientjie draf kombuis toe om 'n skêr te kry. Vincent glimlag vir haar. "Slim kind, ek het nie eers daaraan gedink nie. Dink julle nie ons moet vir tannie Emma 'n verrassing reël nie?"

"Wat is 'n verrassing, oom Vincent?" vra Santjie.

Mientjie antwoord. "Dis soos iets lekker wat ons vir haar doen maar sy mag dit nie weet nie."

"Maar hoe gaan dit dan vir haar lekker wees as sy nie mag weet nie?"

Vincent sien die opgewondenheid in Mientjie se oë en hy laat haar verduidelik."Nee Santjie, sy weet maar eers wanneer dit gebeur. Oom Vincent, solank sy net nie kwaad vir ons is nie?"

"Nee, natuurlik sal sy nie kwaad wees nie. Wat dink jy Santjie?"

Hy kyk verbaas na Mientjie wat groot oë vir hom trek agter Santjie se rug en haar kop heen en weer skud. Vincent snap dadelik.

Santjie vra, "Wat moet ons doen?"

Vincent dink vinnig. "Ek dink ons moet vir haar gaan vra of ons kan gaan fliek. Wat dink jy?"

"Ja! 'n Regte fliek! My maatjies het al gaan fliek maar ons het nooit geld gehad om dit te doen nie. Sal dit vir haar 'n verrassing wees?"

"Ja, dink jy nie so nie?" Vincent sien hoe Mientjie vir hom knipoog en hy weet hy het haar reg verstaan. Hy besef nou eers dat Santjie dalk nog te klein is om 'n verrassing geheim te hou. "Nou toe, kom ons gaan hoor wat sy sê."

Mientjie vra saggies in sy oor. “Maar wat is die eintlike verrassing, oom Vincent?”

“Ek sal jou later vertel.”

Vincent is nie verbaas dat Emma instem, maar nie wil saam gaan nie. “Maar laat ek net eers by Susan hoor of sy dink dis veilig?” Nadat sy gebel het, hou sy haar duime na bo. “Onthou net julle mag vir geen oomblik weg van mekaar wees nie. Hulle sal ook reël dat iemand julle die heeltyd dophou.”

Almal belowe plegtig en toe hulle groet, sien Vincent die dankbaarheid in haar oë. Hy weet die twee kinders is ’n aanpassing vir haar en hy kan verstaan dat sy ook bietjie eietyd nodig het.

Santjie lyk teleurgesteld toe hulle alleen motor toe stap. “Maar nou is dit nie ’n verrassing nie.”

Vincent sit sy arm om haar. “Toemaar Poplap, dit maak haar bly as sy weet ons is bly.”

’n Huurmotor kom laai hulle op en Vincent vra terloops: “Mis julle vir oom Roger?”

Hulle antwoord gelyk. “Ja baie!”

Hy kyk na Mientjie en knipoog vir haar. “Het jy nog sy nommer?”

Mientjie glimlag. “Ja oom Vincent, hy het gesê ek moet dit uit my kop leer sodat ek hom enige tyd kan bel as ons hom nodig het.”

Vincent glimlag breed. “Mooi so.”

Haar oë rek. “O . . .”

Santjie vergaap haar aan al die mense en dit gee vir Mientjie en Vincent kans om te besluit wat om vir Roger te sê. Die kinders geniet die fliek baie en hulle lag kort-kort uit hulle magies. Hy verstaan hoekom Emma aangebied het om na hulle te kyk. Hy het self in die kort tydjie saam met hulle baie geheg aan hulle geraak. Die fliek kom uit en hulle staan eers uit die geraas sodat Mientjie kan bel. Santjie kyk vreemd van Mientjie na Vincent toe hulle terug ry. "Sies Mientjie, jy het mos nou vir oom Roger gejok! Hy gaan baie kwaad wees vir jou."

Mientjie kyk bekommerd na Vincent. "Dink oom ek is nou in die moeilikheid?"

Vincent wonder skielik self hoe groot hierdie speurder is.

* * *

Emma hoor 'n motor buite stop en 'n deur word hard toegeslaan. Die gebeure van 'n rukkie gelede is weer vars in haar geheue en sy kry koue rillings. Die vinnige voetstappe laat haar dadelik rondsoek na plek waar sy kan wegkruip. Voor sy egter tot aksie kan oorgaan word die voordeur oopgeruk. Haar oë rek en sy kyk verbaas na die man voor haar.

"Waar is Santjie en Mientjie?"

Sy is so oorbluf sy kan nie dadelik antwoord nie. Na 'n paar sekondes vra sy geskok. "Hoe nou? Wat gaan aan, Roger?"

"Dis wat ek wil weet! Ek kan nie glo dat jy hulle sommer in die genade van 'n wildvreemde man los nie. Ons het jou met hulle vertrou!"

Emma voel hoe haar nek en wange verkleur. Sy kyk oorbluf na hom. "Wat bedoel jy?"

"Ek bedoel dat die kinders jou verantwoordelikheid is . . . op jou aandrang! En nou weet jy nie eers waar hulle is nie?"

"Ek het nie gesê ek weet nie waar hulle is nie. Maar ek hoef niks aan jou te verduidelik nie! Jy het nooit eers kom hoor hoe dit met hulle gaan nie."

"Ek was nou die dag hie . . . as Mientjie my bel en sê haar sussie is weg, het dit alles met my te doen."

Emma kyk onseker na hom. "Wanneer het sy jou gebel?"

"'n Rukkie gelede. Ek het dadelik gekom."

Emma skud haar kop heen en weer. Haar bene wil onder haar padgee. "Nee, dit kan nie wees nie. Vincent is by hulle!"

"Waarheen is hulle?"

"Hulle het gaan fliek. Ek het eers vir Susan gevra wat sy dink?" Emma sien hoe hy omdraai om te loop. "Wag, ek kom saam!" Die woede in Roger se oë laat Emma terugdeins. Sy is nie seker of sy welkom is nie, maar besluit dat niks haar nou sal keer om saam met hom te gaan soek nie. Voor hy nog iets kan sê, storm sy by hom verby. Weer word sy tot stilstand geskok toe die kinders vrolik om die hoek van die huis kom. Sy staar asof in 'n trans na hulle en draai vraend na Roger wat opreg verbaas na hulle kyk. Vir 'n oomblik is daar doodse stilte en toe spring Mientjie vinnig met 'n gilletjie agter Vincent in. Santjie beduie wild met haar vinger. "Ek het vir jou gesê oom Roger gaan vir jou kwaad wees."

Vincent kom onseker met 'n uitgesterkte hand na Roger. Emma besef dadelik wat aan die gang is en haar skerp stem swiep deur die lug. "Iemand beter verduidelik!"

Mientjie kyk met groot oë na haar. "Oom Vincent het gesê tannie sal nie kwaad wees nie. Hy het gesê hy moet een van die dae weggaan en dan is hier niemand om na ons te kyk nie."

Emma draai na Vincent en sy voel histerie in haar opborrel. "Verduidelik!"

Santjie begin saggies huil. Emma draai dadelik om en kniel by haar. "Toemaar Santjie, ek was maar net bekommerd oor julle." Sy gluur nog steeds kwaai na Vincent oor Santjie se kop maar die sagte armpies om haar nek maak haar hart dadelik sag. Sy tel die dogtertjie op en gaan met haar in die huis. Sy kyk na Mientjie. "Ons sal later gesels. Ons moet nou eers vir oom Roger ietsie gee om te drink. Hy het hierheen gejaag om te kom kyk wat hier aangaan."

Santjie sê tussen die snikke deur: "Ons moet vir hom mos twee bekers koffie gee."

Emma glimlag en terwyl hulle ingaan, hoor sy hoe Vincent homself voorstel. "Hallo Roger. Ek is kwaai Emma se broer en het al baie van jou gehoor."

"O regtig? Ek dog jy's oorsee?"

"Ek het net kom kyk hoe dit met my sussie gaan na al die drama, maar ek moet amper weer terug."

"En toe besluit jy en die dogters ek moet instaan vir jou?"

"So iets. Jammer, dit was seker baie dom?"

'n Beangsde gil uit die kombuis laat altwee na binne storm.

* * *

By die gevangenis sien Maryna, Debbie eenkant sit. Sy stap na haar toe. "Debbie, het jy nog nie agtergekom dat jy bietjie hardegat hier moet wees nie. Met jou jammer-ek-leef-houding gaan almal oor jou loop. Jy sal iets moet doen as jy hier wil oorleef."

Toe Debbie niks sê nie voel Maryna lus om te loop, want sy wil nie regtig met haar geassosieer word nie. Die laaste ding wat sy nou nodig het is dat die ander dink sy is ook 'n swakkeling. Iets hou haar egter terug. "Debbie, ek praat met jou."

"Ek het jou gehoor. Almal haat jou nie soos vir my nie."

"Dis presies hoekom, hulle dink jy is 'n swakkeling. Wys vir hulle jy is nie bang vir hulle nie."

"Maar ek is."

"Genugtig mens, hulle is net sulke mense soos ons."

"Ek kan dit nie help nie. Hoe kry jy dit reg om nie bang te wees nie?"

"Al is ek soms bang, wys ek dit nie. Ek weier om daardie klomp enige mag oor my te gee."

"Ek's nie so sterk soos jy nie."

"Nou maar goed, maar probeer ten minste net. Wat hoor jy van jou kinders?"

"Emma was die anderdag hier. Sy het vir Santjie saamgebring, maar Mientjie wil my nie sien nie. Santjie sê sy's kwaad vir my."

"Was dit darem lekker om die enetjie te sien?"

"Ja baie, maar ek besef nou eers wat met hulle kon gebeur het as Emma nie daar was nie. Dis verskriklik. Sou jy regtig niks gedoen het om te probeer om hulle te help nie?"

Maryna kyk kwaai na haar. "Kan jy dit vir my vra?"

"Ek's jammer, nee, ek kan nie."

Maryna sien hoe Debbie weer terugtrek in haar dop. "Gelukkig het dit vir hulle goed uitgewerk. Die dinge gebeur."

"Ek wil jou 'n groot guns vra as ek dalk iets sou oorkom. Sal jy asseblief vir Emma vra om aan my kinders te probeer verduidelik dat ek hulle baie lief het. Ek het gedink ek help hulle om vir hulle 'n beter toekoms te gee."

"Ek sal. Maar jy gaan nie vir ewig hier bly nie."

"Wat doen mens as mens hier uitkom? Daar is niemand daar buite wat my gaan help nie. Inteendeel . . ."

"Jy is heeltemal reg. Ons sal moet leer om onsself te help."

Toe dit tyd is dat almal moet teruggaan selle toe kyk Maryna bekommerd na Debbie wat deur een van die bendeleiers rondgestamp word. Sy val en wil nie opstaan voordat 'n bewaarder haar ophelp nie.

***

Roger en Vincent kyk verbaas na Mientjie en Emma wat altwee bo-op die tafel sit en aanmekaar vasklou. Santjie staan giggelend met haar hand voor haar uitgesterk.

Mientjie gil. "Santjie, jy weet Mamma het gesê jy mag dit nie doen nie!"

Santjie antwoord: "Ag, jy hou nie eers meer van haar nie, so ek kan maar."

"Ek hou van haar. Ek is nou net kwaad vir haar."

Vincent kry vir Santjie om haar lyf beet en dra haar met sprinkaan en al na buite. Roger bars uit van die lag. "Nou het ek alles gesien."

Emma klap sy hand weg toe hy dit na haar uithou om haar af te help. "Ek weet nie wat is so snaaks nie." Sy spring af en storm na haar kamer toe.

Mientjie vat Roger se hand. "Oom moenie sleg voel nie. Dis alles Santjie se skuld. Ek gaan volgende keer saam tronk toe en dan gaan ek vir my ma alles vertel."

"Is jy dan regtig bang vir 'n sprinkaan?"

"Ja Oom, en tannie Emma ook. Santjie het dit nou die dag agtergekom toe ons in die tuin geloop het. Tannie Emma het amper op een getrap en toe spring en dans sy vreeslik rond terwyl sy gil. Maar daai sprinkaan het gelukkig weggekom voor Santjie dit kon vang."

Vincent sit op die stoep met Santjie op sy skoot. "Dit is nogal lekker as mens se ouer sussie vir iets bang is waarvoor mens nie self bang is nie, *nè*?"

"Ja, baie. En veral as sy nie eers vir Mamma kan sê nie."

"Is daar iets waarvoor jy ook bang is, Santjie?"

Santjie hoef nie lank te dink nie. "O ja, vir die donker."

"En maak Mientjie jou partykeer bang in die donker."

"Nee, sy kom lê gewoonlik by my as ek bang is."

"Wat as sy nou nie meer by jou wil kom lê omdat jy haar bang gemaak het nie?"

Vincent kry haar jammer toe haar oë groot rek. "Dink Oom, sy sal nie meer by my wil kom lê nie."

"Ek weet nie, as jy mooi jammer sê en haar nie weer bang maak nie sal sy dalk."

Roger en Mientjie kom uit. Vincent tel haar van sy skoot af en druk haar in Mientjie se rigting. "Sussie, ek is jammer ek het jou bang gemaak. Ek sal nie weer nie. Sal jy nog by my slaap as ek bang word in die donker?"

Mientjie gee haar sussie dadelik 'n drukkie. "Ja, maar ek dink jy moet vir tannie Emma ook gaan sê jy is jammer. Jy en oom Roger."

Roger vra: "Ek? Wat het ek gedoen?"

"Oom het vir haar gelag."

Vincent knik instemmend. "Jip, sy haat dit as iemand vir haar lag wanneer sy bang is."

"Nou maar goed. Ek wonder net wat van julle twee? Mientjie, ek dog Santjie is weg?"

Vincent en Mientjie kyk vir mekaar. Mientjie sê: "Ons wou maar net vir tannie Emma help. Ons kon sien sy mis oom en ons het ook baie verlang."

Roger kyk onderlangs na Vincent. "Is dit waar?"

Vincent trek sy skouers op? "Ek dink ons het genoeg skade gedoen vir 'n jaar. Julle twee is groot genoeg om julle eie dinge uit te sorteer. My lippe is geseël."

Roger staan op. "Wanneer moet jy terug gaan?"

"Ek kan seker nog so 'n week bly. Maar niks langer nie."

"Dis reg. Ek beter nou eers terug gaan kantoor toe en verduidelik waar ek so skielik heen verdwyn het. Soos jy sê, ons is groot genoeg om hierdie te hanteer, al lyk dit nie altyd so nie."

Hy knyp die twee dogters se wange saggies. "Sê vir tannie Emma ek sal nog mooi omverskoning kom vra."

Vincent hou van Roger se sterk handdruk en oop glimlag. Hy voel nou meer gerus om terug te gaan.

Hoofstuk 11

Pandemonium breek los in die vrouegevangnis toe een van die vrouens gil. Maryna sien hoe die bewaarders uit alle rigtings aangehardloop kom. Sy hoor een hard vra: "Wie is hiervoor verantwoordelik?"

'n Ander bewaarder sê: "Ek bel 'n dokter."

Die eerste een praat weer. "Dis te laat. Sy is nie meer met ons nie."

Maryna soek na Debbie tussen die vrouens maar sy sien haar nie. Sy kan ook nie sien wie op die grond lê nie. Haar oog vang die van die vrou wat Debbie die vorige dag rondgestamp het en die spot daarin laat Maryna naar voel. Haar eie brawade verdwyn en sy vra vir 'n bewaarder wat naby haar staan wat fout is.

"Debbie is vermoor."

Maryna gaan sit eekant met haar gesig in haar hande. Op 'n vreemde manier voel sy verantwoordelik vir Debbie. Sy kry later in die dag 'n besoeker en wonder wat die frons tussen Susan se oë beteken. "Hallo Maryna. Ek wil net kom hoor of jy en Debbie vriende geraak het in die tronk? Ek het gehoor een van die bewaarders sê hulle het julle soms sien gesels."

Maryna trek haar skouers op. "Wil hulle hê jy moet kom uitvis of dit dalk ek is wat haar vermoor het?"

"Nee, Maryna, glad nie. Ek is besorg oor jou."

Maryna laat sak haar kop. "Dankie, maar ek kan na myself kyk. Die arme Debbie het nie eers regtig besef wat met haar kinders sou gebeur nie. Dit wys jou net weer hoe onregverdig die lewe en sisteme is. Dit maak my siek! Dit moes eintlik ek gewees het!"

"Maryna, jy moenie so hard op jouself wees nie. Ons is almal vol foute. En jy moet nooit vergeet dat daar Een is wat altyd bereid is om ons te vergewe en weer 'n kans te gee nie."

Maryna skud haar kop heftig. "Nee, Susan. Hy het kindertjies lief. Wat ek bereid was om aan daardie kinders te doen is onvergeefbaar. Ek is in elk geval beslis nie een van sy witbroodjies soos jy en Emma nie."

"Hy het nie iets soos witbroodjies nie en niks is onvergeefbaar as jy dit met 'n opregte hart bely nie. Niks nie!"

Maryna draai haar kop weg. "Ek gaan ten minste my verdiende loon kry. Ek glo ek is volgende."

"Nee, jy word geskuif."

"Hoekom?"

"Die bewaarders ken mos darem die tronk se *justice*."

* * *

Emma is nog vies vir Vincent omdat hy Mientjie oorreed het om vir Roger te bel. Sy is seker Roger dink dit was haar plan. Dis net omdat Vincent amper moet teruggaan dat sy besluit om hom te vergewe. Die kinders is egter vir haar 'n groot bekommernis. Volgens Susan kan hulle vir 'n tyd lank verwerping ervaar, elke keer as iemand waarvan hulle hou, moet weggaan. Sy ervaar dit toe Santjie huilerig laat hoor, "Tannie Emma, ek wil vir Mamma gaan kuier. Dis nie lekker dat oom Vincent nou ook moet weggaan nie."

"Ek weet Santjie, dis ook nie vir my lekker nie. Ek sal bietjie bel en hoor of ons kan gaan. Mientjie wil jy ook bietjie vir jou Mamma gaan kuier?"

"Ja, ek wil ook gaan. Ek mis haar. Dis nie dat ek nie lekker hier bly nie, tannie Emma, ek wil haar maar net graag weer sien."

Emma druk die dogtertjies teen haar vas. "Natuurlik weet ek dit. En dit is hoe dit hoort. Ek sal bel en hoor wanneer ons weer vir haar kan gaan kuier."

Santjie glimlag tevrede en Mientjie knik instemmend. "Ek wil ook saam gaan."

Emma se foon lui en sy sê hulle moet gou vir Vincent van hulle plan gaan vertel. Sy glimlag toe sy sien dat dit Susan is. "Hallo Susan, ek en die meisies wou jou nou net bel om te hoor of ons bietjie vir hulle mamma kan gaan kuier. Hulle mis haar baie."

"Hallo Emma, ek neem aan die twee is nou daar naby jou. Kan jy dalk op 'n manier bietjie wegkom van hulle af?"

Emma word koud. "Nee, hulle is na Vincent toe. Wat's fout? Hoekom klink jy so snaaks?"

"Ek het baie slegte nuus. Debbie is vanoggend oorlede."

Emma onderdruk 'n verbaasde uitroep en gaan sit op die bed. "Was sy dan siek?"

"Nee, sy is vermoor."

Dit voel vir Emma of sy nie asem kry nie. "Hoekom?" Emma voel hoe iemand aan haar hemp trek. Sy draai die foon effens weg."Santjie, ek wil net gou klaar met tannie Susan praat dan kom ek, Kleinding. Hoekom gaan sit julle nie solank die glase reg vir koeldrank nie? Sê oom Vincent moet solank chippies uithaal." Sy hou die foon weer by haar mond. "Jammer, Santjie was net gou hier, maar is weer weg."

"Doodreg. Ons is nog nie heeltemal seker nie. Mens verstaan nie altyd die politiek in die selle nie, maar ek weet meeste vrouens is hatig teenoor iemand wat iets aan 'n kind doen, veral as dit jou eie is."

"Dis seker te verstane, maar besef hulle nie wat hulle aan hulle eie kinders doen deur in die tronk te sit nie?"

"Ek en jy voel so, maar hulle probeer hulle eie dade regverdig sodat dit darem nie so erg klink nie. Ai, nou veralgemeen ek vreeslik."

"Ek kan dit nog steeds nie glo nie. Wat nou?"

"Ek dink nie jy moet enige iets vir hulle sê nie. Ek sal met hulle kom praat. Sê maar net ek kom môre vir hulle kuier."

"Dankie Susan, ek sien sowaar nie kans om dit vir hulle te vertel nie. En Vincent, my boetie, moet juis oormôre terug vlieg Amerika toe."

"Dis nou slegte tydsberekening. Maar ek kom maak môre 'n draai daar by julle."

"Dankie. En hulle oupa?"

"Hy wil niks met enige van hulle te doen hê nie."

"Ek kan dit nie verstaan nie!" Sy sug. "Sien jou môre."

Emma doen haar bes om haar emosies onder beheer te kry voor sy kombuis toe gaan. Vincent sien dadelik dat daar fout is maar sê niks. Die dogters kyk na haar met groot oë. "Wat sê tannie Susan. Kan ons maar gaan kuier?"

Sy glimlag dapper. "Tannie Susan sê sy wil eers môre bietjie by ons kom kuier."

Hulle glimlag halfhartig en Santjie sê. "O, dit sal seker ook lekker wees."

Vincent vat die koeldrank en chips na buite. "Wat van 'n lekker piekniek onder die boom?" Emma sien die ondersoekende uitdrukking in sy oë.

Die meisies raak later aan die speel en Emma gaan sit by Vincent. Sy sê sag. "Boetie, Susan het gebel om te sê dat Debbie vermoor is."

Sy sien die skok in sy oë. "Genade, nee! Wat nou nog? Ek sal my vlug uitstel."

Emma kyk liefdevol na hom en vergeet van enige kwade gevoelens wat sy gehad het. "Nee, boetie, dis nie nodig nie. Ons kom goed reg. Jy sien tog ek het baie ondersteuning."

"Maar wat van jou werk? Jy kan ook nie onbepaald afvat nie."

Emma sug. "Jy weet ek was nog altyd 'n werkholis. So, jy verstaan nie hoeveel verlof ek al opgegaar het nie."

"Nou maar goed. Maar ek gaan beslis nie weer solank vat voor ek kom kuier nie."

"Belowe?"

Hy lag en gee haar 'n drukkie. "Ek is bly jy is darem nie meer kwaad vir my nie."

* * *

Estelle loop amper in Roger vas toe hulle gelyk by die kantoor aankom. "Hallo Roger, dis jammer om te hoor van die twee kleintjies se ma, nê?"

"Waarvan praat jy, Estelle?"

"Die twee kleintjies wat deur hulle ma verkoop is. Daai meisie van jou het hulle mos gered, onthou jy?"

"Genade, maar jy kan baie nonsens praat. Wat van hulle ma?"

"Sy is blykbaar vermoor."

Roger skud sy kop. "Waar kom jy daaraan?"

"Vanoggend gehoor. Ek dink dit het dalk gister gebeur. Ek is ook nie seker nie."

Roger kyk haar agterna toe sy wegstap. Dit is vandat Emma in sy lewe gekom het dat hy skielik dink sy kollegas is soms baie ongevoelig. Hy gaan na sy lessenaar waar Pieter reeds vir hom wag. "Ek veronderstel jy het ook gehoor van Debbie?"

"Ek wou jou juis vra. G'n wonder hulle sê jy moenie 'n vrou weggooi as dit by wreedheid kom nie."

"Hoe is sy dood?"

"Blykbaar verwurg of versmoor op die toilet."

Roger ril. "Ek dink ek moet gaan kyk hoe dit met Emma en die meisies gaan."

"Waarvoor wag jy?"

"Dankie, sien jou later."

Roger wonder hoe hy ontvang gaan word. Hy was nie juis gewild toe hy laas daar weg is nie en hy kon nog nie genoeg moed bymekaar skraap om weer te gaan nie. Sy selfoon lui net voor hy by hulle stop. "Hallo Pieter. Is daar fout by die kantoor? Moet ek terug kom?"

"Nee, glad nie. Ek wil maar net laat weet dat hulle haar vriendin oorgeplaas het na 'n ander eenheid. Hulle was bang dat sy volgende sou wees."

"Dankie, ek sal vir haar sê."

Emma hoor 'n motor buite en kyk deur die venster. Haar hart klop warm toe sy sien hoe Roger vir die meisies wag wat na hom toe hardloop. Haar hart word sag toe hy met hulle in sy arms aangestap kom en hulle voor haar neersit. Sy hoop nie haar hart sit in haar oë nie.

"Laat ek darem net vir tannie Emma ook hallo sê, netnou is sy weer kwaad vir my."

Emma hou haar hand na hom uit terwyl sy innerlik bewe. "Hallo, Roger. Dis 'n verrassing."

Sy bied geen teenkanting toe hy haar hand vat en haar nader trek nie. "Lyk my hierdie twee is blyer om my te sien as jy? Ek moes net keer of hulle het my omgespring. En ek het nogal by elkeen 'n soen ook gekry, of jok ek nou, julle twee?"

Emma kyk verbaas hoe die lekkerkry in Mientjie se oë dans. "Oom Roger, jok glad nie. Regtig, tannie Emma, dis die waarheid."

Emma hou vir 'n oomblik op met asemhaal toe Roger se lippe saggies op hare druk. Sy kriewel om los te kom maar hy laat haar nie gaan nie. Hy hou sy motorsleutel na Mientjie uit. "Gaan kyk bietjie wat is in die papiersak op die voorste sitplek."

Die twee laat nie op hulle wag nie. "Is daar nog iets wat pla, Emma Gat van Sannieshof?" Sy asem kielie in haar nek.

Emma vra sag: "Het jy gehoor van Debbie?"

Roger druk haar kop teen sy skouer. "Dis onder andere hoekom ek hier is. Dis verskriklik."

Emma knik. "Ek wil nie eers weet hoe die tweetjies dit more gaan hanteer as Susan vir hulle kom sê nie."

"Ek het nie gedink ek sou dit vir jou sê nie, maar ek is bly jy is nou hier vir hulle. Jy gee vir hulle baie stabiliteit."

Emma kyk dankbaar na hom. "Dankie. Ek voel maar bewerig na die nuus maar ek sal probeer sterk wees."

"Ek weet jy sal. Jy verras my elke keer."

"Hoekom kom jy nou eers?"

Emma verkrummel toe hy haar ken met sy vinger lig en saggies met sy lippe oor haar oë streel en op haar lippe laat rus. Hulle is net van mekaar bewus.

"Ek sou sê dis hoog tyd, of hoe?" Emma kyk verskrik na Vincent en hy knipoog vir haar.

Sy bloos en die twee gillende dogters red haar uit haar verleentheid toe hulle teruggehardloop kom. "Dankie, oom Roger. Dit is die mooiste pop wat ek nog ooit gehad het," sê Mientjie.

Santjie swaai haar pop ook in die lug. "Dankie, oom Roger. Myne se naam is Debbie."

Emma kyk weg toe haar oë opdam en sy hoor Roger sê: "Ek hoor tannie Susan kom môre vir julle kuier. Ek dink ons moet die naweek ook iets lekkers gaan doen."

Emma kyk dankbaar na hom. Mientjie antwoord. "Ja, sy kom, maar dit sal lekkerder wees om iets saam met oom te doen. En baie dankie vir die lekkers en die poppe."

Roger hou sy arms vir hulle oop. "Dis 'n groot plesier." Hy kyk na Vincent. "Jy is ook genooi."

Vincent lag. "Ek sou baie graag wou, maar ek vlieg oormôre terug Amerika toe."

"G'n wonder die klomp se gesigte lyk so nie. Hoe kom jy by die lughawe?"

"Taxi."

"Wat van ons maak dit 'n uitstappie en ek vat jou? Emma is juis so mal oor lughawens en ek is seker die twee aspatatte was nog nooit by een nie."

Emma is verlig dat Vincent nie alleen hoef te gaan nie. "As jy seker is, sal ons dit baie waardeer."

Vincent glimlag. "Enige iets om hulle nog bietjie langer te sien. Ek voel in elk geval stukke beter om terug te gaan noudat jy hier is."

Mientjie lag. "Sjoe, tannie Emma was darem maar baie kwaad vir ons almal die ander dag."

Emma trek 'n kwaai gesig. "En met rede."

Roger lag. "Dis hoekom ek nou eers gewaag het om my voete weer hier te sit. Ek het gedink jy gaan my wegjaag."

Emma lag vir sy hartseer gesig. "Ag, jy praat bog. Kom ons gaan maak liewer koffie."

"Ek raak op my senuwees as jy van koffie praat, want dit eindig gewoonlik op dat ek moet gaan."

Emma wil haarself dadelik verdedig, maar besef dat hy die waarheid praat. “Kom ons kyk of ons nie die gewoonte kan verander nie?”

“Dit klink na ’n plan. Maar ná koffie sal ek moet ry.”

“So gou?” Dis uit voor Emma kan keer.

Sy sien die lekkerkry op Roger se gesig. “Gaan jy my dan mis?”

“Nee, natuurlik nie. Ek bedoel net die kinders sal seker graag nog bietjie met jou wil kuier.” Sy kyk rond vir hulp maar Vincent en die kinders het verdwyn. Roger vat haar hand en trek haar nader na hom. Emma beweeg gewillig in die kring van sy arms en kyk op in sy geheimsinnige oë. “Ek het regtig gedink jy het van my vergeet.”

“En hoe dink jy sou ek dit regkry? Ek is seker ek dra nog die merke van jou naels aan my bo-arm.”

Emma vryf oor sy arm. “Ek hoop regtig nie so nie.”

Hy lag en soen haar saggies, talmend op haar lippe. Emma wens sy kan dié oomblik uitrek. Dis heelwat later, toe hy haar laat gaan, wat sy sê: “Dankie dat jy gekom het.”

“My plesier. O ja, ek wou nog vir jou sê Maryna gaan na ’n ander eenheid geskuif word.”

“Hoekom?”

“Seker maar vir veiligheidsredes.”

Emma skud haar kop. “Ek kan glad nie verstaan dat vrouens so wreed kan wees nie.”

“Ja, daar is sekere dinge wat mens nooit sal begryp nie.”

Sy sug. “Seker nie.”

Toe hulle ingaan lag Emma vir Vincent wat kastig gaap. “Uiteindelik. Ek het solank die ketel aangesit.”

“Lyk my jy is jaloers, Boetie. Waar is die meisies?”

Vincent sug. “Seker hulle poppe gaan bewonder in hulle kamers.”

* * *

Susan bel Emma vroeg die volgende oggend. “Hallo Emma, is alles nog reg vir vandag?”

“Natuurlik. Hoe laat wil jy kom?”

“Sal so oor ’n uur reg wees?”

“Natuurlik . . . ek sal sorg dat hulle reg is.”

Die meisies speel buite toe Susan kom. Sy is veral bekommerd dat Mientjie skuldgevoelens kan hê omdat sy nie die vorige keer by haar ma wou gaan kuier nie. Sy glip by die sydeur uit om Susan te ontmoet. “Hallo Susan, baie dankie dat jy gekom het om met hulle te praat. Ek sien sowaar nie kans nie.”

Susan glimlag. “Hoe gaan dit met die twee?”

“Vir nou gaan dit nog goed met hulle.”

Die meisies kom om die hoek en gaan staan agter Emma. Sy vra : “En nou julle twee? Julle het dan uitgesien om vir tannie Susan te sien.”

Susan lag. “Wag tot die twee sien wat ek hier in my sak het?”

Altwee loer om Emma. Sy trek haar skouers op. “Ek verstaan dit glad nie. Hulle het arme Roger se bene gister amper onder hom uitgehardloop.”

“Wel, hy is ’n baie spesiale oom, of hoe?”

Santjie kom eerste agter Emma uit. “Ja, hy het ook vir ons verrassings gebring. En hy het vir tannie Emma gesoen!”

Emma voel hoe haar hals en wange verkleur. Sy wens sy kon agter die dogters wegkruip. Die tergliggies in Susan se oë help glad nie. “Nou toe nou.”

Mientjie vra: “Wat het Tannie vir ons gebring?”

“Ek het twee *lucky packets* gebring, maar julle sal dit self moet oopmaak om te sien wat binne is.”

Die meisies vat die sakkies en gaan sit op die gras. Emma kyk hartseer na hulle.

Susan vra: "Verbeel ek my of is Mientjie stiller as gewoonlik. Ek wonder of sy iets aanvoel?"

"Ek het ook gewonder. Sy is baie skerp."

"Ek sal eerste met haar gesels. Dalk kan jy by Santjie gaan sit en vir Mientjie hier na my toe stuur."

"Dis reg. Sterkte, ek sal vir jou bid."

"Dankie, Emma."

Emma kyk belangstellend na hulle verrassings. "Sjoe, julle is gelukkig. Mientjie wil jy nie solank vir tannie Susan joune gaan wys terwyl ek na Santjie s'n kyk nie?"

Emma sien Mientjie is onwillig, maar sy gaan darem. Sy gaan sit langs Santjie en bewonder haar juwele.

Santjie vra: "Sal tannie dit vir my aansit. Dan kan tannie my bietjie gaan swaai asseblief?"

"Natuurlik." Sy sit die juwele vir haar aan en hulle stap na die swaaie toe. Sy is bly sy kan iets doen. Sy hou die heeltyd vir Mientjie onderlangs dop en toe haar skouertjies begin ruk kan Emma ook nie haar trane keer nie. Sy sien hoe Susan haar styf vashou en oor haar skouers vryf. Na 'n ruk kom Susan in haar rigting gestap. Emma sê vir Santjie: "Lyk my tannie Susan gaan jou bietjie kom maak. Ek gaan net gou daar na Mientjie toe. Santjie lag vrolik. "Ek hoop sy kan ook so hoog maak soos tannie!"

Emma se hart is swaar toe sy langs Mientjie op die stoep gaan sit. Sy hou haar arms vir Mientjie oop en sy klou aan Emma vas. "Tannie Emma, my mamma is dood en ek het nie eers vir haar hallo gaan sê nie. Dink tannie sy is dood omdat sy dink ek is kwaad vir haar?"

"Nee Mientjie, natuurlik nie. Het Santjie ooit vir jou die boodskap gegee van jou mamma toe ons daar was?"

Mientjie skud haar kop. "Nee, sy het seker vergeet."

"Sy het gesê sy is baie lief vir jou en sy is jammer sy was nie 'n goeie mamma vir julle nie. Sy het gesê sy gaan baie hard werk om gou uit te kom sodat sy weer by julle kan wees."

"Dink Tannie sy het geweet ek is nog lief vir haar."

"Natuurlik, Mientjie. 'n Mamma weet dit altyd."

Emma hoor hoe Santjie droewig huil en sien hoe Susan met haar in haar arms aangestap kom. Die vier sit vir 'n rukkie net bymekaar met 'n snik wat af en toe hoorbaar is. Santjie staan eerste op. "Ek wil net vir oom Vincent ook gaan vertel."

Emma knik en toe Mientjie ook opstaan sê sy. "Ek sal later vir julle koeldrank bring."

Die meisies verdwyn in die huis.

"Daar sal Vrydag 'n begrafnisdiens wees, Emma. Ek dink dit sal goed wees vir die tweetjies om ook daar te wees sodat hulle kan afskeid neem."

"Natuurlik, ek sal hulle bring. Nogmaals dankie dat jy gekom het."

"Alles reg. Ons sal daarna praat oor hulle toekoms, as dit reg is met jou?"

"Doodreg. Ek dink nie hulle moet nou dadelik verder ontwrig word nie."

"Ek dink nie jy weet wat jy vir hulle beteken nie, Emma. Veral nou."

Net voor Emma terug is in die huis, lui haar selfoon. Haar hart klop vinniger as sy Roger se naam sien. "Hallo Roger."

"Hallo Emma. Ek wil net gou hoor hoe het dit gegaan? Was Susan al daar?"

"Ja, sy was. Dit het onder omstandighede seker goed gegaan, Roger. Altwee is maar baie hartseer."

"Ja, ek kan dink. Het Susan vir jou gesê van die begrafnis Vrydag?"

"Ja, ek sal hulle vat."

"Hoe? Ek sal julle sommer kom oplaai."

Emma verstaan nie waar die opstand in haar skielik vandaan kom nie. "Dis nie nodig nie, ek sal 'n plan maak."

"Genugtig Emma, ek wil graag! Verstaan jy dan nie dat ek na jou verlang nie?"

Emma druk die foon vinnig teen haar hart. "O . . . in daai geval sal ek daaroor dink en jou laat weet."

"As ek my sonde nie ontsien nie, klim ek nou in my kar en kom gee jou 'n soen wat jy nooit sal vergeet nie."

Emma lag. "Jy's vol beloftes. Sien jou dan."

Met 'n hart wat oorloop van verskillende emosies gaan soek sy na die twee meisies. Sy kry hulle onder die boom op 'n kombers waar hulle weerskante van Vincent sit, met hulle poppe styf in hulle arms. Vincent is besig om vir hulle 'n storie te lees. Sy wens sy kon hulle hartseer vir hulle dra. Sy gaan sit stil by hulle. Toe Vincent klaar is met die storie vra sy: "Wil julle vanaand by my slaap?"

Santjie sê sag. "Asseblief tannie, Emma."

Mientjie knik. Vincent kyk vol liefde na haar. "En wat van my?"

Emma gooi hom met 'n kussing en sommer gou is daar 'n kussinggeveg en die meisies se hartseer tydelik gelig.

* * *

Roger loop van boekwinkel na boekwinkel. Hy onthou hoe sy ma altyd vir hom in die aand Bybelstories uit 'n Kinderbybel gelees het. Hy kan selfs van die prentjies duidelik onthou, soos Daniel in die leeukuil, Dawid en Golliat en nog baie ander. Net voor hy moed opgee sien hy 'n klein tweedehandse boekwinkel effens weggesteek tussen die ander winkels. Hy gaan in en die klokkie wat lui toe hy die deur oopmaak laat hom dadelik tuisvoel. Die winkel ruik na sy ouma se huis en hy sien 'n ou vroutjie agter die toonbank staan met 'n bril op die punt van haar neus. "Môre Mevrou, ek hoop u kan my help, want ek is nou al so moeg gesoek ek huil sommer."

"O genade jong man, dit wil ons nie hê nie. Waarmee kan ek help? Jy kan sommer vir my tannie Lulu sê."

Roger sien pret in haar oë en wens hy kon haar 'n drukkie te gee. "Het tannie nie dalk per ongeluk 'n outydse Kinderbybel met prentjies in, nie?"

Die sonskynglimlag verseker Roger dat hy die einde van sy soektog bereik het. "O, maar ek het."

"Ek kan dit nie glo nie! Tannie het nie 'n idee wat dit vir my beteken nie."

"Net die idee dat 'n pappa vanaand sy kindertjies gelukkig gaan maak met dit wat saak maak, laat my hart sommer warm klop."

"Ai, ek moet tannie ongelukkig teleurstel. Ek is nog nie 'n pa nie, maar dit is vir twee weesdogtertjies." Hy knipoog vir haar. "Dit sal darem seker ook punte tel. Hy sien verbaas hoe die tannie se oë blinkerig word.

"Dis nog beter. In vandag se tye gee elkeen net vir sy eie dinge om. God sal jou seën. Wag net so 'n minuut, asseblief."

Voor Roger nog kan antwoord, verdwyn die tannie na agter. Sy kom terug met die Kinderbybel en nog twee ander boeke in haar hand. "Ek wil graag hierdie twee boeke vir jou saamgee vir hulle, as 'n persentjie van my."

Roger glimlag. "Baie dankie, Tannie. Ek sal hulle eendag bietjie hiernatoe bring. Ek is mal oor die atmosfeer in hierdie winkel en ek dink Emma, wat nou na hulle kyk, sal ook mal wees hieroor."

Roger sien verbaas hoe die tannie hom nader wink. “En hierdie, Emma, is sy ook baie spesiaal vir jou?”

Roger kan nie help om te bloos nie. “Staan dit dan so duidelik op my gesig geskryf, Tannie?”

Sy lag. “Sekere dinge kan mens mos nie wegsteek nie. Ek hoop regtig jy sal haar ook eendag hierheen.”

“O, ek sal beslis. Sy is ’n bibliotekaresse.”

“Nou toe nou, dan hou ek sommer klaar van haar.”

Roger lag. “Tannie moet ’n baie geseënde dag hê.”

“Dankie jongman, jy sal voorwaar ’n goeie pa uitmaak.”

Roger kyk terug voor hy by die deur uitgaan. “Dankie vir die boeke en die kompliment, maar onthou, ek sal eers ’n vrou moet kry. . . en my naam is Roger.”

“Moet jy nie daaroor bekommerd wees nie, Roger. Die liewe Vader laat alles altyd mooi uitwerk op die regte tyd.”

“Ja, Tannie is reg. ’n Mens vergeet net so gou.”

* * *

Die atmosfeer by Emma-hulle is morbied en sy is baie dankbaar dat Roger op pad is na hulle toe. Die meisies het die vorige aand sleg geslaap met die gevolg dat Emma ook min rus gekry het. Sy kyk bekommerd na Mientjie wat vir ‘n geruime tyd met die pop in haar arms, net voor haar sit en uitstaar. “Mientjie, wat dink jy moet ons vanaand maak om te eet?”

“Net wat Tannie wil.”

“Maar waarvoor is julle lus?”

“Ek is nie regtig honger nie.”

“En jy, Santjie?”

“Ek is ook nie honger nie, tannie Emma. Wanneer kom oom Roger?”

"Hy kom seker amper. Dalk moet julle gaan kyk of oom Vincent klaar gepak het."

Hulle staan lusteloos op en Emma se hart pyn vir hulle part. "Ons wil nie hê hy moet weggaan nie. Wat as ons hom nooit weer sien nie," wil Santjie weet.

Emma gaan kniel voor hulle en vou hulle toe in haar arms. Hulle skrik toe Vincent skielik agter hulle praat. "A nee a, dink julle nou regtig ek sal julle nie kom soek tot aan die einde van die wêreld nie? En ek is so opgewonde om julle die lughawe te gaan wys en nog melkskommel ook te drink voor ek vlieg!"

Santjie kry dadelik meer lewe. "Kan ek 'n pienke kry, oom Vincent?"

"Enige kleur wat jy wil, Poplap. Watse kleur wil jy hê Mientjie?"

"Ek dink 'n gele. Sal ons die vliegtuie kan sien?"

"O ja, beslis. En ek dink oom Roger wil vir julle vertel hoe bang tannie Emma vir vlieg is."

Emma kyk dankbaar na hom en sê gemaak vies. "Dis nie baie mooi nie, Vincent. Het hy so gesê?"

"Hy het iets gepraat van 'n seer bo-arm. Meisies, het ek nie nou 'n motor buite gehoor nie?"

Hulle hardloop uit. Vincent kyk ernstig na Emma. "Sussie, ek dink hy gee regtig vir jou om. Moet dit nou nie moeilik maak vir die man nie!"

"Wat bedoel jy?"

"Ek dink jy weet presies wat ek bedoel. Ons altwee weet hoe hardkoppig jy kan wees en hoe vinnig jy jou kan wip. Moet my nie verkeerd verstaan nie, daarmee saam het jy ook 'n hart van goud."

Emma lag. "Ek weet nooit of jy my uittrap of komplimenteer nie. In elk geval is hy ook nie 'n engeltjie nie."

Sy lag toe Vincent sy arms in die lug gooi. “Red nou ’n volk! Maar jy bly my beste sussie.”

“Hmf! Enigste.”

Hulle gaan ook uit om vir Roger te groet. Emma loer vinnig na haar weerkaatsing in die oonddeur se glas en vryf vinnig oor haar hare. Roger kom met Santjie in sy arms en Mientjie aan haar hand nader. Hy kyk van Emma na Vincent. “Wat het julle met Mientjie se glimlag gemaak. Ek kry dit nêrens nie.”

Mientjie glimlag effens. “Ag oom Roger, ek is maar net hartseer. Maar ek is bly dat jy nou hier is.”

“Sjoe, dis goeie nuus. Ek was bang dat jy my eintlik nie hier wou hê nie - soos tannie Emma. Sy het gesê ek moet liewer nie kom nie.”

Hulle kyk geskok na Emma. Vincent reageer eerste. “Emma, ek hoop nie dis die waarheid nie.”

Santjie lyk seergemaak. “Sies tannie Emma, ons verlang baie na oom Roger.”

Mientjie skud net haar kop. Emma sê verontwaardig, “Ek kan nie glo julle glo alles wat hy sê nie. Natuurlik het ek dit nie gesê nie.”

Roger sit vir Santjie neer en vou sy arms voor sy bors. “Wel, as jy nie het nie, sal jy my darem seker graag ordentlik wil hallo sê, of wat dink julle?”

Vincent grinnik. “Ek sal so dink, ja.”

Emma kners op haar tande maar staan nietemin op haar tone. Roger kom vol verwagting nader maar ruk sy kop geskok weg en vryf oor sy lip. “Ouch!”

Vincent lag. “Sterkte, ou vriend. Al wat ek kan sê is, moenie dat sy eers op jou kop sit nie, want dan gaan jy haar nie weer daar afkry nie.”

Mientjie staan nader. “Het tannie vir oom Roger seer gemaak? Netnou wil hy ook nie meer hier by ons wees nie, en ek is klaar so hartseer.”

Roger lag. “Sy? Ag nee wat Mientjie, dink jy nou regtig sy kan my seer maak?” Emma voel benoud toe hy haar nader trek en saggies by haar oor fluister. “As jy dit ooit weer waag om my te byt, trek ek jou oor my skoot, verstaan jy my?” Sy voel sy lippe net vir ’n oomblik op hare dan laat hy haar gaan en draai na Mientjie. “Toemaar ou Mientjie, dis reg dat jy nou hartseer is. Dit is ’n baie swaar ding om mens se ma te verloor.”

Emma voel afgehaal en besef sy was baie kinderagtig. Mientjie en Santjie se hartseer gesiggies laat haar nog slegter voel en toe Vincent sy arm om haar sit, voel sy soos ’n stout kind. Vincent gaan sit by die meisies op die vloer. “Dit is waar wat oom Roger sê. Dis goed om sommer te huil oor hartseer dinge, want dit help mens se hartjie om gesond te word. En onthou, ek gaan weer kom om vir julle te kom kuier.”

Emma hou haar besig met die koffiekoppies en toe Roger se arms van agter af om haar gaan en hy haar styf teen hom vastrek, raak haar hart sag van dankbaarheid. Sy sit haar hande oor syne en leun met haar kop na agter teen sy bors. Hulle staan so, stil tevrede, totdat Mientjie se stem tot hulle deurdring. “Raai wat gaan ons by die lughawe doen, oom Roger?”

Hulle draai om maar Roger hou haar nog vas. “Seker kyk hoe die vliegtuie lyk?”

Santjie lag. “En *milkshake* drink.”

“O lekker. En wie gaan vir julle koop?”

Mientjie antwoord. “Oom Vincent.”

“Ag so? Dink julle hy sal vir my ’n bruin ene koop?”

"Ja, hy sal, hy's baie gaaf, *nè* oom Vincent?" Emma sien die liefde in Mientjie se oë toe sy na Vincent kyk.

Voor Vincent nog kan antwoord, sê Emma dringend. "Voor ons ry moet ons eers saam bid dat alles goed sal gaan met oom Vincent op die vliegtuig." Sy voel Roger se oë op haar. Die warmte in sy oë laat haar vinnig wegkyk.

Hy sê laggend, "Dis waar julle, as tannie Emma nie so hard op die vliegtuig gebid het nie, weet ek nie of ons ooit veilig hier sou geland het nie."

Mientjie vra: "Oom Roger, wil jy nog vir ons vertel hoe bang tannie Emma vir vlieg is?"

"Ek sal later as ons ry. Onthou my."

Emma steur haar nie aan hulle nie, maar hou haar hande uit sodat hulle in 'n kring kan staan en bid. Sy vra ernstig dat die Liewe Vader vir Vincent en al die ander passasiers veilig moet bewaar. Na die gebed wil almal help om Vincent se bagasie te dra. Die opgewondenheid om vliegtuie te sien het die morbiede atmosfeer vir eers verdryf. Emma besef net weer hoe aanpasbaar 'n mens is en hoe na aan mekaar kinders se lag en huil is. Toe hulle ry protesteer sy toe Vincent agter by die kinders in klim. "Ag nee boetie, hoekom ry jy nie voor by Roger nie?"

"Want ek wil vir oulaas by hierdie twee asjasse sit. Ek het nog baie raaisels wat ek vir hulle wil vra."

Emma laat hom begaan en klim self voor in. Roger vat haar hand, "Ek hoop nie dis vir jou 'n probleem om hier by my te sit nie." Sy is vir 'n verandering sonder woorde en Roger lag. "Dis 'n eerste. Emma sonder woorde."

Vincent laat van hom hoor. "Dis voorwaar 'n geskiedkundige oomblik."

Emma kyk na agter. "Ek dog jy het baie raaisels wat jy vir die meisies wil vra?"

Roger lag. "Ek het gedink dit sal nie lank hou nie."

Emma lag en luister hoe Mientjie vir Vincent uitvra oor Amerika. Toe sy omkyk, lyk dit of Mientjie behoorlik aan sy lippe hang. "Ek wens ek kan ook eendag soontoe gaan, oom Vincent. Dit klink na die lekkerste plek ooit."

"Wie weet Mienks, wie weet. Onthou om nooit op te hou droom nie."

Emma se hart klop warm toe Roger haar hand op sy been sit. Sy wens hierdie rit wil nooit einde kry nie. Die vrolike atmosfeer en die saamwees met almal vir wie sy omgee sal sy nog lank in haar hart koester. By die lughawe geniet Emma dit om die kinders se gesiggies dop te hou. Hulle kyk so rond sy moet 'n paar keer, keer of hulle loop teen iemand vas. Toe hulle uiteindelik in die Wimpy sit, bestel Vincent vir elkeen 'n hamburger ook. Emma lag toe Santjie later haar magie vashou. "Sjoe, tannie Emma, my magie is nou so vol ek is skoon vaak."

Mientjie kreun. "Ja, Santjie, ek voel ook so. Dankie oom Vincent."

Emma raak stiller. Sy het nog nooit daarvan gehou om haar boetie te groet nie. "Boetie, ek weet nie of jy ooit sal besef wat dit vir my beteken het dat jy spesiaal gekom het om my by te staan nie."

Vincent druk haar kop teen sy skouer. "Hoe dan anders, Sus."

Roger staan nader en steek sy hand na Vincent uit. Vincent druk sy hand innig. "Roger, dankie dat jy hier is vir hierdie drie vroumense van my."

"Dis 'n groot voorreg, Vincent. Veral noudat ek weet jy is Emma se boetie."

Vincent lag. "Het jy dan gedink ek was iets anders?"

"As jy maar weet, my vriend."

"O, nou maak baie dinge baie meer sin."

Vincent gaan sit op sy hurke voor die meisies. "Julle twee moet altyd onthou julle is baie spesiaal vir my. Ek sal altyd moeite doen om julle weer te sien." Hy hou hulle teen hom vas en laat hulle toe om te huil. Sy oë is ook nie heeltemal droog nie. Roger staan nader en hou sy hande na die meisies uit. "Kom ons gee gou vir tannie Emma ook kans om haar boetie te groet."

Emma glimlag dapper vir hom toe hulle eenkant toe staan. Sy hou haar boetie styf vas en toe sy snuit, hou hy haar nog bietjie stywer vas. "Sus, jy sal altyd vir my 'n rolmodel bly. Ouma sou so trots op jou gewees het!"

"Dankie, Boetie. Hoe lank dink jy gaan jy nog in Amerika werk?"

"Ek weet nie, Sus. Maar ek glo ek sal seker een van die dae weer moet kom kuier." Hy knipoog vir Emma en wys na haar ringvinger.

Emma sien duiweltjies in sy oë dans. "Genade Vincent, jy kan dinge darem vooruit loop. Jy bars as jy iets vir hom sê."

Hy lag. "Ek sal darem nie so voorbarig wees nie. Sus, jy moet mooi na jouself kyk." Hy gee haar weer 'n drukkie en hou haar 'n entjie weg. "As ek nie nou draf nie, los hulle my net hier en dan het jy drie kinders om na te kyk."

Emma kan nie praat nie en knik net. Sy kyk hom agterna en net voor hy heeltemal uit hulle gesigsveld verdwyn, sien sy hom vir oulaas waai. Roger staan met Mientjie en Santjie elkeen aan 'n hand en toe Emma omdraai, wens hy hy kon haar nou vashou. Emma draai om en vat Santjie se hand en die vier stap stil terug na Roger se motor. Dis 'n bedeesde groepie wat terug ry. Roger sit sy hand op Emma se been en hy kyk in die spieeltjie na agter. "Nou wonder ek in wie se bed ek gaan slaap vanaand?"

Santjie antwoord vinnig. "Oom kan in myne slaap dan kan ek weer by tannie Emma slaap."

"Of ek kan sommer op die bank in die sitkamer slaap dan hoef niemand ontwrig te word nie? Daardie bank lyk heel gemaklik."

"Maar ons wil nie vroeg gaan slaap nie. Ons wil nog eers bietjie by oom Roger kuier."

"Ons moet maar hoor wat tannie Emma sê."

"Kom ons kyk hoe laat kom ons by die huis. En oom Vincent se kamer is mos nou leeg."

Toe hulle voor die huis stop, is altwee die meisies vas aan die slaap. Roger dra hulle na hulle kamer toe.

* * *

Die begrafnis is baie onpersoonlik en daar is skaars 'n handjie vol mense. Die meisies wys, anders as die vorige aand, nie veel emosie nie. Emma werk baie hard aan haar eie emosies. Sy kan nie glo Debbie se pa is nie daar nie. Roger gee haar hand 'n drukkie. Na die begrafnis gesels Emma alleen met Susan. "Susan, is dit natuurlik dat die meisies nie vandag juis gehuil het nie? Hulle het gisteraand, maar ek het verwag dat hulle vandag baie hartseerder sou wees."

"Ek dink nie Santjie het regtig heeltemal ingeneem dat sy haar ma nie weer gaan sien nie. En Mientjie se gevoelens is op hierdie stadium nog baie deurmekaar. Sy voel skuldig, kwaad en sy verlang - alles gelyk. Ek glo jy gaan nog baie verskillende emosies oor die volgende paar dae by hulle sien. Sy weet ook dat hulle nie vir altyd by jou kan bly nie en probeer tussen alles deur sterk wees ook."

Emma sug. "Dit is nie regverdig dat kinders sulke dinge moet beleef nie. Kan hulle nie maar vir altyd by my bly nie?"

Die verbasing op Susan se gesig is eg. "Emma, jy is seker nie nou ernstig nie? Jy is nog jonk en jou eie lewe lê voor.

Jy is ook nie getroud nie. Die kanse dat so iets goedgekeur sal word, is nie baie goed nie."

Emma besef nie dat Roger so naby is nie en sy luister geskok na sy woorde. "Dankie Susan, Emma dink nie altyd voor sy praat nie. Ek glo ook nie sy het mooi hieroor gedink nie."

Emma draai stadig na Roger met oë wat gloei. "Verskoon my, Roger, maar ek kan nie dink dat my besluite enige iets met jou te doen het nie. Ek het gedog ek het jou gevra om'n ogie oor die meisies te hou?"

"Hulle is by Estelle. Hemel Emma, luister 'n slag na Susan. Mientjie en Santjie sal hierdeur kom. Ek stem saam dit is nie regverdig nie, maar dit is deel van wat elke dag gebeur met duisende kinders."

"En dis omdat te veel volwassenes wat veronderstel is om om te gee, soos jy redeneer."

Emma wil bars van frustrasie toe Roger wegloop en sy hande in die lug gooi. "Susan, is daar regtig geen kans nie?"

"Ai Emma, ek dink nie so nie. Ek dink Roger het ook goed bedoel, jy moenie vir hom kwaad wees nie."

Emma knik afgetrokke en gaan soek na die kinders. Die atmosfeer in die motor is styf toe hulle terug ry huistoe. Emma kan nie glo dat Roger so hardvogtig kan wees nie. Sy wonder hoe sy haar so met hom kon misgis. Santjie se stemmetjie bring haar terug uit haar donker gedagtes. "Tannie Emma, is my mamma nou vir altyd weg?"

Mientjie antwoord: "Ja, Santjie. Ons sal nou na 'n weeshuis toe gaan."

Santjie begin huil. "Is nie, is mos nie, tannie Emma. Ons gaan mos by tannie bly."

Emma probeer hard om haar stem egalig te hou. "Santjie, ons sal moet hoor wat tannie Susan sê". Sy is bly toe Roger niks sê nie.

Terug by die huis haal Emma borde uit en Santjie kry messe en vurke. Mientjie gaan sit op die bank en staar voor haar uit. Roger sny broodjies en haal koue vlies uit wat hy gekoop het. Dis 'n stil groepie wat eet en dan gaan slaap.

Die volgende oggend word Emma wakker met geluide wat uit die kombuis kom. Sy staan op en kyk verbaas na Roger wat besig is om 'n mandjie te pak. "En nou? Wat maak jy?"

Die sagte kyk in Roger se oë laat hart hart vinniger klop. "Ek pak die piekniekmandjie, mooi meisie. Het ons dan nie 'n afspraak vandag nie? Waar is daardie ander twee laatslapers?"

Emma skud haar kop. Sy het nog glad nie vergeet hoe Roger die vorige dag gereageer het nie. "Ek is nie seker of hulle lus gaan wees vir pieniek nie, Roger?"

Santjie loer om die deur. "Ek is lus, tannie Emma. Is daar lekker kos?"

Emma trek haar skouers op: "Ek weet nie, ek het skoon van eetgoed vergeet."

Roger lag. "*Never fear when oom Roger is near*! Ek het vir ons lekker eetgoedjies gekry. Santjie, gaan sê vir Mientjie ons ry vir haar weg as sy nie nou wikkel nie."

Emma wys na haar deurmekaarhare. "Stadig Roger. Niemand is nog reg nie."

"Ek is, liewe Emma. Lyk my ek gaan alleen vir die eende brood voer by die dam."

Santjie hardloop terug kamer toe. "Mientjie, Mientjie! Jy moet opstaan. Oom Roger is al klaar gepak vir die piekniek! Ons gaan vir die eende by die dam kos gee! Mientjie, waar is jy?"

Emma gaan kyk hoekom Santjie so benoud klink. Sy kyk geskok na die leë bed. "Roger, Roger!"

Emma wys na die leë bed. "Dit lyk nie of Mientjie in haar bed geslaap het nie. Waar kan sy wees?"

"Kyk gou in die badkamer, ek sal buite gaan kyk. Santjie was Mientjie dan nie in die bed toe jy opgestaan het nie?"

"Ek weet nie meer nie, oom Roger, ek het nie gekyk nie."

Emma hardloop soos 'n warrelwind deur die huis met Santjie huilend agterna. Emma stop en hou haar arms vir Santjie uit. "Liefie, waar dink jy sou Mientjie gaan as sy hartseer is?"

* * *

Hoofstuk 12

Susan wag vir Maryna om vir haar sessie te kom. Sy dink weer aan Emma, die twee dogtertjies en Roger. Sy is ook bekommerd oor Mientjie se skuldgevoelens omdat sy nie vir haar Ma gaan kuier het nie, nog probleme kan veroorsaak. Toe Maryna inkom, staan sy op. Sy hou haar hand na Maryna uit. "Hallo Maryna. Hoe gaan dit hier?"

"Soos wat dit gaan."

"Ek hoop die vrouens in die sel waar jy nou is behandel jou beter?"

"Ja, hulle is seker beter. Ek weet nie hoekom nie, maar ek is dankbaar *anyway*."

"Dis goed. Het jy al bietjie gedink oor jou toekoms? Dit is moontlik dat jou saak nie meer te lank sal sloer nie en dat jy dalk na twee of drie jaar hier kan uitkom."

"Ek het gedink ek moet dalk iets studeer. Tyd is nie juis 'n skaarste hier nie maar ek weet nie regtig wat nie?"

"Wat is jou belangstellings? Wat maak jou gelukkig?"

Maryna sug. Susan besef dat hierdie vrou se lewe van jongs af 'n opdraande stryd was. Sy probeer weer. "Is daar enige iets waarin jy uitgeblink het op skool?"

Maryna lag bitter. "O ja, ek was 'n pro met skool bank. En natuurlik was leuens vertel en my pa se geld steel, tweede natuur vir my."

Susan glimlag geduldig."Enige vakke waarvan jy baie gehou het?"

"Dankie dat jy probeer, Susan. Maar ek is al suf gedink. Dit was maar altyd 'n geval van *survival of the fittest*. Ek het meestal probeer om van my omstandighede te vergeet."

"Jy laat my aan Mientjie en Santjie dink. Ek dink veral Mientjie is nou daar."

"Dit is mos die ouer enetjie?"

"Ja, sy voel skuldig omdat sy nie vir haar ma wou kom kuier nie, en nou is dit te laat."

"Ag *shame*. Haar ma het juis gesê as sy iets sou oorkom, ek vir die dogtertjie moet sê sy verstaan en is lief vir haar! Sy moes seker 'n voorgevoel gehad het."

"Genade Maryna, nou sê jy my. Sal jy dit vir haar sê as ek haar bring."

"*Sorry, maar* ek dink nie sy sal my wil sien nie. Dalk moet jy maar net vir haar sê."

"Nou maar goed, maar baie keer wil kinders dit by die een hoor vir wie hulle ma of pa dit gesê het. Dit is dan net meer geloofwaardig."

"Kyk maar. Ek sal nie omgee nie."

Dankie. Maar om terug te kom na jou toe, ek gaan vir jou 'n klompie boeke met moontlike studierigtings bring, dan loer jy bietjie daardeur. Net om jou gedagtes te laat gaan."

"Dankie, dalk help dit, maar ek sit nie my hart daarop nie. As daar iets uitkom sal ek jou laat weet . . . En dankie dat jy my probeer help. Jy laat my aan Emma dink."

Susan glimlag. "Ek glo dat elkeen van ons meer as een kans in die lewe kry, Maryna. Ons almal maak foute, ek en Emma inkluis."

"Dalk, maar ek glo nie oor en oor dieselfde foute nie."

Hulle groet en toe Maryna uit is, bel Susan vir Emma. Sy luister verbaas na die huilende Santjie se stem. Die foon gaan dood en toe sy weer probeer bel is daar geen antwoord nie. Sy hardloop na haar motor toe en stop vinniger by die huis waar Emma-hulle bly as wat sy veronderstel is.

***

Maryna kyk na Marie, een van die ouer vroue wat nie baie praat nie en sy wonder hoekom sy in die gevangenis is. Haar gesig is meestal geslote en haar kort hare en stewige bou laat haar amper manlik lyk. "Sy het haar sussie ontvoer. Blykbaar het haar pa hulle sleg behandel en toe sy 18 geword het, het sy haar sussie weggevat. Die sussie was twaalf."

Maryna kyk verbaas na die mollige vroutjie wat graag nuus met almal deel. Sy kan nie onthou dat sy hardop gevra het nie, maar sy wil graag meer weet. "Nou hoekom het hulle nie die pa toegesluit nie?"

"Hy het 'n goeie prokureur gehad en Marie het dwelms gebruik, so niemand het haar geglo nie."

"En die sussie? Was sy ook op dwelms?"

"G'n mens weet nie. Sy het soos 'n groot speld verdwyn. Marie sê ook niks. Niemand weet of sy iets daarmee te doen gehad het nie."

"Goeie genade. Geen wonder sy gesels nie eintlik nie. Sy wonder seker of die sussie ooit nog lewe? Hoe lank het sy gekry?"

"Tien jaar. Wat's jou storie?"

Maryna draai haar rug op die mollige vroutjie. "Ek het nie 'n storie nie."

Later die middag sien Maryna vir Marie weer eenkant sit. Sy loop in haar rigting. "Hallo Marie. Kan ek bietjie by jou sit? Ek het nie krag vir die ander skinderbekke nie."

"Jy kan seker sit. Ek het gesien Doreen was daar by jou. Sy is die *local* radiostasie hier. Wat het sy jou vertel?"

"Dat jy jou sussie wou help en dinge toe effens skeefgeloop het."

"Gmf, dis sag gestel."

"Hoe lank is jy al hier?"

"Vier jaar."

"En jy het nooit weer van jou sussie gehoor nie?"

Marie antwoord nie. Maryna staan op. "Jammer, dit was nie my plek nie."

Maryna gaan sit ver van almal af. Sy probeer die tye saam met Emma oproep toe hulle nog saam na die kerk se jeugaksie toe gegaan het. Emma was gewoonlik die een wat hard gebid en die ander bemoedig het. Sy self het net gegaan om uit die huis weg te kom. Sy onthou hoe hulle een aand op pad terug by 'n boemelaar gestop het. Sy het vir hom geld in sy hand gestop, maar Emma het langs hom gekniel en sy hand in hare gevat. "Oom, kan ek vir jou bid?"

Maryna wou die horries kry. "Emma, kom! Ons ouers gaan die aapstuipe kry."

Die boemelaar se stem was sag. "Asseblief dogter."

Maryna kan nie onthou wat Emma gebid het nie, maar sy het wel besef dat woorde en dade saam moet gaan anders beteken dit niks nie. Dit was een van die goed wat haar laat besef het hoekom sy haar pa haat. (Sy vroom praatjies in die kerk en sy walglike dade by die huis.)

Maryna doen iets wat sy baie jare laas gedoen het. Sy laat sak haar kop en sy bid. "*Ons Vader, ek weet ek kan U seker nie so noem nie, want ek was nog nooit regtig in my hart 'n gelowige nie, maar ek het U nodig. Ek wil so graag uit hierdie gemors kom. Help my asseblief as U dit oor U hart kan kry. Ek weet ook ek moet my pa vergewe, help my asseblief ook om dit reg te kry. Amen.*" Sy kan dit nie glo nie, maar sy voel ligter. Sy kan nie wag dat Emma weer moet kom kuier nie.

* * *

Emma kyk verbaas na Susan. “Hallo Susan. Hoe het jy geweet ons het jou nodig? Mientjie het soos ’n groot speld verdwyn!”

“Ek het so afgelei nadat ek jou gebel en Santjie die foon geantwoord het.”

“O, sy het my niks gesê nie. Maar alles is ook so deurmekaar. Roger ry rond om haar te soek. Hy het al van die ander polisie ook laat weet om hulle oë oop te hou.”

“Ons sal haar kry, Emma. Wanneer laas het julle haar gesien?”

“Ons het gisteraand vroeg gaan slaap. Ons almal was moeg. Roger het voorgestel dat ons vandag gaan piekniek hou en toe Santjie haar gaan roep was sy nêrens nie.”

“Ai, ek wou juis vir haar sê haar ma het met Maryna gepraat voor haar dood en gesê sy verstaan heeltemal hoekom Mientjie nie wou kom kuier nie. Sy het vir Maryna gevra as sy iets sou oorkom om vir Mientjie te sê sy is nie kwaad vir haar nie.”

Emma vee oor haar oë. “Ek verstaan nie hoekom alles gebeur nie. Hierdie arme twee kinders het nou al soveel deurgemaak. Gaan dit dan nooit ophou nie?”

Susan vat haar hand. “Emma, ons moet net bid en nie nou moed verloor nie. God bly in beheer van elke situasie.”

“Ek weet, maar dis soveel makliker om te glo wanneer alles goed gaan. Ek weet Jesus is nou op hierdie oomblik by haar. Ons moet net saam bid vir haar veiligheid.”

“Jy’s reg, kom ons gaan daar na Santjie toe by die swaai.”

Emma vat Santjie se hand toe sy by hulle op die gras kom sit. Santjie kyk na Susan. "Weet tannie dalk waar my sussie is?"

Susan sluk. "Nee my engel, maar ons gaan nou bid dat Jesus vir ons moet help om haar te kry. Wat dink jy?"

"Ek dink dis 'n goeie plan. Jesus is die slimste van almal. En tannie Emma sê Hy is oral."

Hulle bid saam en toe hulle klaar is sê Emma, "Ek wens net ek kon help soek. Roger het gesê dis beter as ek hier bly ingeval sy terugkom.

Susan knik. "Hy is reg. Santjie het jou ook nou nodig. Wat sê die wag by die hek?"

"Hy het niks gesien nie. Hy lyk ook baie ontsteld."

"Ek kan dink, sy werk is nou seker in gedrang."

* * *

Roger gaan na die naaste bure toe en beweeg dan stelselmatig verder. Hy ry verby 'n park en sien 'n motor eenkant staan. Sy maag maak 'n draai en hy stop. Hy besluit om te voet nader te gaan. Die deur van die bestuurder is halfoop en 'n voet hang by die motor uit. Roger kry 'n naar gevoel op sy maag en staal hom vir wat hy daar mag kry. Hy kom tot agter die motor sonder om gesien te word. Met sy pistool in sy hand beweeg hy stadig om die motor en ruk die voorste deur heeltemal oop. 'n Man kom vervaard orent en staar met rooi oë na Roger. Sonder om sy oë van die man af te haal maak Roger die agterste deur ook oop. Sy wapen bly op die man gerig terwyl hy om die motor loop. Hy voel hoe sy bloedvlakke daal toe hy die skoentjie van 'n pop op die voorste sitplek sien lê. Hy maan homself om kalm te bly want hy weet hy gaan niks regkry as hy nou sy *cool* verloor nie. "Waar's sy?"

"Wie?"

Die verbasing op die man se gesig lyk eg, maar Roger het al met te veel kriminele gewerk wat net sulke goeie toneelspelers as skelms is. Hy wys na die popskoen en vra,"Wat maak jy hier?"

Dit lyk of die man oor die aanvanklike skok is. "Ek kon sweer die park is oop vir die publiek."

Roger se vuis gaan oop en toe. "Ons kan dit op die maklike of moeilike manier doen. Jy vertel my nou van wanneer af jy hier is en wat jy gedoen het, of ek vat jou in vir ondervraging oor die ontvoering van 'n minderjarige."

Die man sit regop. "Asseblief, Meneer. Ek en my vrou het gisteraand rusie gehad en sy het my uit die huis gesmyt. Ek het myself kom versuip en hier aan die slaap geraak. Wat meer kan ek sê?"

"Wat soek die pop se skoen in jou motor?"

Roger sien hoe die man verbleek. "Die minderjarige wat ontvoer is. Was dit 'n dogter?"

"Sê jy vir my?"

"As dit 'n dogter is, het ek niks daarmee te doen nie. In elk geval nie met 'n ontvoering nie. Ek het gisteraand 'n kind langs die pad sien loop en gestop. Sy het gevra of ek haar na haar oupa toe kon vat. Sy het gesê haar ma is dood en sy het nou niemand meer nie, net haar oupa. Ek kon mos nie die kind net daar in die donker los nie."

"Hoe oud was sy omtrent?"

"Ek weet nie, seker so nege of tien. Ek weet nie! Ek het nie kinders nie."

"En toe vat jy haar na haar oupa toe."

"Ja, ons kan nou soontoe ry."

"Was haar oupa daar?"

"Ek weet nie. Sy het gesê haar oupa slaap vroeg en dat sy sommer net sal ingaan want sy weet waar hy die sleutel bêre."

"En jy laai haar af en ry?"

"Ja, die kind het geklink of sy weet waarvan sy praat en ek wou nog kom regmaak met my vrou. Nie dat dit toe veel gehelp het nie."

"Kom, vat my soontoe. Sluit jou motor."

Dit lyk of hy nog wil teëstribbel maar toe hy in Roger se pistool vaskyk klim hy vinnig uit en sluit sy motor. Roger bel vir Emma. "Emma, ek dink ek weet waar Mientjie is."

Hy hoor die verligting in haar stem. "Regtig Roger, waar?"

"By haar oupa."

"Maar hoe? Is dit nie ver nie?"

"Ek is nou op pad soontoe. Wanneer ek haar kry, bel ek en dan praat ons."

"Dankie Roger, . . . en ek is jammer."

"Alles reg, Emma. Ons praat later."

* * *

Emma gryp vir Santjie en draai haar in die rondte. Dan glimlag sy vir Susan. "Dit was Roger. Hy is op pad na die kinders se oupa toe. Hy vermoed Mientjie is daar."

Emma sien Santjie skud haar kop. "Ek dink nie sy is daar nie, tannie Emma. My oupa hou nie van ons nie."

Susan antwoord: "Santjie, sê nou net jy is baie hartseer en deurmekaar. Dink jy nie jy sou na die plek toe wou gaan wat jy die beste ken nie?"

Emma sien Santjie dink baie diep. "Ek weet nie, tannie Susan. Ek wil liewer net hier by tannie Emma bly. Sy is lief vir ons. Sy en oom Roger en oom Vincent."

Emma druk vir Santjie teen haar vas. "Jy is reg, ons is baie lief vir julle en moet dit nooit vergeet nie."

Susan kyk bekommerd na die toneeltjie voor haar. Sy weet hier gaan baie wysheid en gebede nodig wees in die toekoms.

Emma kyk na Susan. "Hoe ver bly hulle oupa van hier af?"

"Darem nie te ver nie."

"Ai, ek moes seker eers gewag het voor ek iets vir Santjie gesê het."

"Nee wat, sy lyk darem nou rustiger. Roger moet redelik oortuig wees van sy saak anders sou hy nie gebel het nie."

"Jy's seker reg. Hoe sou sy daar gekom het?"

"Ons sal moet wag om te hoor. Kom ons gaan maak solank tee."

Emma kan nie haar sit kry nie. Sy loop op en af en gaan loer kort kort deur die venster. Santjie kom ook in. "Tannie Emma, wanneer gaan hulle dan kom?"

"Ons sal geduldig moet wees, Santjie. Is jy nie al honger nie?"

"Nee, ek wil by die dam gaan eendjies voer maar ons moet eers vir Mientjie wag."

Emma frons. "Ons kan mos more gaan piekniek hou."

Santjie se lip bewe. "Maar ek het so uitgesien!"

Susan kyk na Emma. "Ek sê julle wat. Hoekom gaan ons nie na die kwekery hier naby nie. Hulle het ook eendjies en 'n lekker teetuin."

Emma kyk dankbaar na haar. "Ai, wat sou ek tog sonder jou gedoen het?"

"Jy doen sover nog baie goed sonder my. Kom ons ry sommer met my motor."

Emma sien die verandering van plek is beslis 'n goeie voorstel. Santjie begin dadelik die eende voer en sy lag uitgelate toe daar mak duiwe naby haar kom sit.

Emma voel Susan se oë op haar en sy vra. "Wat wil jy vir my sê, Susan?"

"Kinders is baie aanpasbaar, Emma."

"Ek hoor wat jy sê en ek het dit ook agtergekom. Maar ek het in die klein rukkie hier in die Kaap ook gesien dat volwassenes baie wreed kan wees. En gaan mens ooit weet of hulle by die regte plek geplaas gaan word?"

"Ons monitor die gesinne. Julle sal ook altyd kontak kan hê."

Emma knik maar sê niks.

* * *

Roger volg die man se instruksies totdat hulle by die oupa se huis stop. "Wag vir my. Ek hoop vir jou part sy is hier."

"Is jy nie bang ek hardloop weg nie?"

"Ek glo nie jy sal so stupid wees nie, Ben Visagie." Hy haal die man se beursie en ID uit sy eie sak en wys dit vir hom.

"Wanneer het jy dit gevat? Julle poliesmanne is ook nie altyd *above board* nie, is julle?"

Roger lag en gaan klop aan die voordeur. Eers na die tweede keer hoor hy beweging binne. Die deur gaan op 'n skrefie oop. "Kan ek help?"

"Goeie more. Ek is speurder Hartman. Ek het inligting ontvang dat jou kleindogter, Mientjie, gisteraand hier by jou afgelaai is."

Die deur word effens groter oopgemaak. "Wel, offisier, ek weet nie waar jy jou inligting gekry het nie, maar dit is beslis nie die waarheid nie. En as ek nie geweet het my dogter is nie meer met ons nie, sou ek gedink het sy sit hier agter."

Die hardheid in die ou man se oë gee Roger koue rillings. Hy verstaan nou waarom Debbie *opgeëindig* het waar sy het. Roger weet hy het nie 'n lasbrief nie en hy is baie lus om vir Ben Visagie te gaan bykom. Hy hoor Ben na hom roep. "Haai speurder, hier is die klein klits!"

Roger draf terug motor toe. Mientjie spartel en skop om los te kom uit sy arms. "Sy het daar oor die draad gespring. Lyk my sy wil nie gekry word nie."

Haar oupa kom ook nader. "Haar ma se kind. Wat soek jy hier?"

Roger sien hoe Mientjie wegkrimp en hy wens hy kan die man se mond toeslaan. Hy vat haar by Ben en vryf oor haar hare. "Toemaar Mientjie, alles is reg. Tannie Emma en Santjie wag dat ek jou huis toe moet bring."

"Maar ek maak almal hartseer, oom Roger. My mamma, my oupa en vir jou en tannie Emma. Julle wou gister nie eers met mekaar praat nie. En daai is nie regtig ons huis nie."

Roger hou haar vas. "Ai Mientjie, almal was moeg gister na die begrafnis. Niemand was kwaad vir jou nie, Kleinding. Ons het al begin pak om piekniek te gaan hou toe ons agterkom jy is weg. Ons is glad nie kwaad vir jou nie."

"Oupa is kwaad vir ons. Ons sal nou in 'n weeshuis moet gaan bly omdat hy ons nie wil hê nie."

Die oupa kyk vinnig weg. "Ek is te oud om na julle te kyk. My pensioen is te min. Die weeshuis kry geld by die staat om na julle soort kinders te kyk."

Roger hoor Ben saggies sê: "Ek is seker hulle sal gelukkiger wees in 'n weeshuis as by hom."

Roger ignoreer die oupa en vat Mientjie motor toe. "Wil jy vir tannie Emma en Santjie bel. Ek dink hulle kan nie wag om jou stem te hoor nie!"

Mientjie knik en vat die foon. Sy glimlag toe sy Emma se stem hoor. "Nee tannie Emma, dis nie oom Roger nie, dis ek!"

Die gille aan die anderkant is genoeg om Mientjie te troos. Roger gaan laai eers vir Ben af. "Ek hoop jy en jou vrou se dinge word uitgesorteer. Onthou mens moet soms maar die minste wees."

"Gmf. Soms?" Ben draai na Mientjie. "Jy moenie weer wegloop nie. Jy kan in groot moeilikheid kom."

Mientjie glimlag skaam. "Ek sal nie, Oom. Dit was baie dom gewees."

Hulle groet. Mientjie draai na Roger. "Oom Roger, het jy al ooit vir tannie Emma blomme gekoop?"

Roger se oë rek. "Nee, hoekom vra jy?"

"Oom Vincent het gesê sy hou baie van rose."

"O, is dit so? Dink jy ek moet vir haar rose koop?"

"Jy hou mos van haar?"

"Luister hier jou klein klits, is jy nou besig om Cupido te speel?"

"Wat?"

Roger lag. "Toemaar, dankie vir die tip. Ek sal dit onthou."

Mientjie glimlag en rek haar nek hoe nader hulle aan die huis kom. Hulle het skaars gestop of Emma en Santjie storm op die motor af. Santjie is eerste en sy gryp haar sussie om haar nek. "Sies Mientjie, jy mag dit nooit weer doen nie. Volgende keer vat jy my saam."

Emma hou hulle altwee vas. "Dit sal die dag wees. Daar is nie 'n volgende keer nie, hoor julle my?"

Mientjie sê gesmoord: "Beslis nie. Dit was aaklik."

Susan staan in die deur vir hulle en kyk. Emma onthou eers van haar toe sy opstaan. "Mientjie, tannie Susan sê jou Mamma het vir iemand in die tronk gesê sy verstaan heeltemal hoekom jy nie wou kom nie, en dat sy baie lief was vir jou."

Mientjie kyk na Susan. "Regtig tannie?"

Susan kom nader. "Regtig. Daai ander tannie wat saam met julle in die huis was het met jou Mamma in die tronk vriende gemaak. Sy het dit vir haar gesê."

"O. Ek hou nie van daai tannie nie."

Emma vat haar hand. "Ek verstaan dit heeltemal. Maar daai tannie was my maatjie toe ons nog kinders was, en sy het baie swaar gekry toe sy klein was."

Hulle gaan in die huis en skep roomys in. Susan kuier nie veel langer nie. "Emma, as dit lyk of sy dit uit Maryna se mond wil hoor, laat maar net weet."

Emma knik. Mientjie en Santjie kyk vraend na haar toe Susan weg is. "Gaan ons dan nie meer piekniek hou nie?"

"Natuurlik gaan ons. Gaan trek julle piekniek klere aan."

Emma voel Roger se oë op haar en toe sy opkyk staan hy met sy arms gevou na haar en kyk. Hy wys met sy wysvinger dat sy moet nader kom. Haar bene raak lam, maar sy gaan nietemin nader. Hy vou haar styf toe in sy arms en vra saggies in haar nek. "Is jy nie meer kwaad vir my nie?"

Sy kreun saggies. "Was ek dan?"

Hy lag. "Vroumense! Mientjie het gedink ons is kwaad vir haar omdat ons nie met mekaar wou praat gisteraand nie."

Emma kyk geskok na hom. "Die arme kind. Ek het nie eers daaraan gedink nie."

Roger knik. "Ek ook nie. Maar ten minste het alles darem goed afgeloop."

Emma sit haar arms om sy nek. "En toe speurder Roger, wil jy my vertel hoe jy haar gekry het?"

"Nee Emma Rogers, ek wil jou nou baie eerder soen."

"Ag, kyk nou net die twee duifies." Emma voel hoe Roger haar regophou toe dit voel of haar bene onder haar wil padgee.

Slot

Ben loop op en af in die aanklagkantoor. Hy wag vir Roger want hy wil Mientjie se popskoentjie vir haar teruggee. Sy het met haar weerloosheid maar ook met haar deursettingsvermoë, 'n ongelooflike indruk op hom gemaak. Sy opinie van kinders het handomkeer verander en hy en sy vrou stem vir die eerste keer saam om met 'n gesin te begin. Hy staan ongeduldig rond en kyk vraend na die speurder wat na hom toe kom en sy hand na hom uit hou.

"Goeie dag, ek is Pieter. Ek verneem jy is op soek na Roger."

"Ja, dis reg."

"Hy's ongelukkig nie nou hier nie, kan ek dalk help? Ons werk saam."

Ben skud Pieter se hand. "Ek wil net hierdie popskoen vir Roger gee sodat hy dit aan die eienaar kan teruggee. Dit behoort aan 'n baie spesiale dogtertjie wat sekerlik daarna soek".

Pieter glimlag. "Wil jy dit nie self vir haar gee nie?"

"Natuurlik, as dit moontlik is?"

"Ek gaan nou van diens af dan kan jy agter my aanry. Die sekuriteit by die huis sal jou nie alleen daar laat ingaan nie."

Ben frons. "Sekuriteit?"

"Die meisie was ontvoer en word beskerm tot sekere prosedures gevolg is."

"Genugtig, die arme kind. Dankie, ek is jou ewig dankbaar, maar is jy nie bang ek is dalk daarby betrokke nie?" Ben is verbaas dat Pieter sulke inligting so met hom deel.

"Roger het my van jou vertel. Jy kan bly wees die man het jou nie baie hardhandig behandel toe hy jou daar in die veld gekry het nie."

Ben lag verleë. "Ja, ek kon sien sy hande het gejeuk om my 'n paar klappe te gee."

Ben volg Pieter tot by 'n huis wat eenkant is met 'n sekuriteitseheining en hek. Hy sien verbaas hoe Pieter wys dat hy weer agteruit moet ry en wys dat hy hom moet volg. 'n Ent verder trek hy langs Pieter, wat op die sypaadjie gestop het, in en draai sy motorvenster af. "En nou?"

"Ek mag verkeerd wees, maar ek het 'n spesmaas iets is nie pluis by die huis nie. Die sekuriteitswag is nêrens te sien nie. Ek stel voor jy gaan eers huis toe dan laat ek jou weet of dinge veilig is of nie. Het jy 'n besigheidskaart?"

"Ja, natuurlik." Hy gee dit aan. "Ek hoop regtig nie hulle is in gevaar nie. Sterkte!"

Ben ry huis toe en sien hoe nog polisiemotors van voor af kom en verby hom ry. Pieter wag vir die polisiemotors twee blokke van die huis af en verduidelik wat hy vermoed. Die motors nader die huis uit verskillende rigtings en die offisiere beweeg vinnig om die huis en neem by verskillende deure stelling in. Pieter sien die kombuisdeur is oop en hy loer versigtig na binne. Sy verbasing is groot toe hy vir Roger en die sekuriteitswag rug aan rug, vasgebind op die vloer sien sit. Hy sien die woede in Roger se oë en besluit om eers te swyg. Hy kniel en maak hulle los.

Die wag sê: "Sjoe, dankie Meneer. Daardie man is nie van vandag af 'n skelm nie. Ek weet net nie van die vrou wat saam met hom was nie."

Pieter sien die verbasing op Roger se gesig. "Lyk nie vir my of jy die vrou gesien het waarvan hy praat nie, Roger?"

"Nee, ek het nie. Waar was sy, Henry?"

"Sy was in die bakkie."

Almal kom in die kombuis bymekaar en wag vir opdragte. Pieter kyk na sy vriend. "Roger, het jy enige voorstelle?"

"Hulle kan nog nie ver wees nie. Ons moet spring! Ek stel voor elkeen sê in watter rigting hy ry en ons hou mekaar op hoogte."

Die soektog is spoedig aan die gang. Pieter se foon lui. "Hallo Susan, ja hy is hier by my. Ons het so iets vermoed, want hy was hier met 'n vrou en is weg met Emma en die kinders!"

Hy hoor die skok in haar stem en probeer haar gerusstel. Toe hy aflui sê hy: "Sy het net laat weet dat Maryna ontsnap het en hulle glo dis met die hulp van Diederik."

Roger skud sy kop. "Hoe kry die man dit reg?"

Pieter trek 'n suur gesig. "Ek dink hy werk hoofsaaklik alleen en maak net soms van verskillende mense gebruik om sy vuil werk te doen."

"Ek dink jy's reg. Voor hy met hulle weg is het hy gesê die kinders se oupa hou van geld. So ek glo die oupa het vir Diederik laat weet toe ons daar was en toe was dit maklik vir hom om ons te volg. Deksels!" Hy slaan met sy vuis op die paneelkissie. "Maar waar begin 'n mens soek?"

"Ek weet wragtig nie! Emma sou nie dalk die foon weer aan haar versteek het nie?"

"Nee Pieter, daar was nie tyd nie. Hierdie keer is dit regtig 'n naald in 'n hooimied."

* * *

Emma kan nie glo Maryna sit voor in die bakkie toe hulle inklim nie. Sy voel hoe Mientjie en Santjie teenaan haar skuif. Na die aanvanklike gille in die huis toe hulle Diederik herken het, het nie een nog gehuil of iets gesê nie. Hulle het met groot oë alles gedoen wat Diederik vir hulle gesê het. Emma luister woedend na Diederik se tevrede stem terwyl 'n magteloosheid haar lam maak. "Nou toe, hier is ons almal weer bymekaar. Een *happy family*. Ek het vir ons 'n oulike plekkie oorsee gekry waar ons vir altyd gelukkig saam gaan bly. Is julle kinders ook so opgewonde soos ek?"

Emma se keel trek toe. Sy doen haar bes om dapper te klink: "Dink jy regtig jy gaan hiermee wegkom?"

"O ja, beslis. Ek het dan nog altyd."

Emma kyk na Maryna en wonder wat haar aandeel in alles is. Sy wil gil toe Diederik sy hand op Maryna se been sit en sê: "Ai Pop, ek is jammer ek het jou nie al vroeër kom haal nie, maar ek was besig om die paspoorte en ID boekies reg te kry. En toe het alles eintlik so mooi uitgewerk veral toe die oupa ook nog bel."

Emma kyk geskok na Diederik en hoop die kinders het hom nie gehoor nie. Sy is verbaas dat Maryna se gesig die emosie van 'n grafsteen toon. Toe Diederik se hand hoër teen haar been op beweeg druk Emma die meisies se koppe teen haar skouer vas. Sy kry moed toe Maryna steeds geen emosie wys nie.

Diederik steur hom aan niks en sê: "Hier is hoe dit gaan werk. Maryna, jy is verantwoordelik vir die kinders. Emma, jy bly naby my. As enige iemand iets doen waarvan ek nie hou nie . . . boem!" Hy hou sy pistool dat hulle dit kan sien.

Santjie begin dadelik huil en Mientjie kan die trane wat oor haar wange stroom nie keer nie al maak sy nie 'n geluid nie. Diederik se stem dreun voort terwyl hy vir Emma in die truspieëltjie kyk. "Jy het tot by die lughawe om die tweetjies te *coach* as jy enigsins lief is vir jou of hulle. Maryna, kyk in die paspoorte en leer vinnig vir elkeen hulle nuwe naam en van."

Emma bid vir kalmte soos nog nooit tevore nie. Sy haal stadig asem en begin dan vir die tweetjies verduidelik wat van hulle verwag word. Mientjie maak haar oë toe en Emma weet dat sy ook bid. Daar is geen troos aan Santjie nie.

Diederik praat hard: "As daardie kind nie nou ophou met haar getjank nie, laai ek haar net hier langs die pad af!"

Mientjie vat Santjie se hand. "Sussie, jy is mos mooi groot. Ek en tannie Emma is by jou. Die oom gaan jou alleen hier langs die pad los as jy nie nou ophou huil nie."

Emma is verlig toe dit lyk of Santjie verstaan. Daar glip net af en toe 'n verdwaalde snik uit haar lyfie. Emma luister na die name wat Maryna sê en herhaal dit agter haar aan. Sy vra vir Mientjie om haar naam te herhaal en sy doen dit maklik maar Santjie kry dit nie reg nie.

Diederik grom: "Sorg dat sy nie praat nie."

By die lughawe verduidelik Emma weer vir die kinders wat om te doen terwyl sy self die ene bewerasie is. Hulle klim uit die motor en Emma sien hartseer hoe Maryna die dogtertjies se hande vat en weer in die ou Maryna verander toe sy streng sê: "Julle bly nou by my en wees soet!"

Die dogtertjies loop verwese langs Maryna en Emma kan dit net gelate aanvaar toe Diederik by haar inhaak. Hulle gaan sonder enige voorvalle deur die doeanebeheer. Emma loop al stadiger maar Diederik druk haar vorentoe. By die vliegtuig se deur kan Emma nie hulle geluk glo nie. Madelein staan by die deur om hulle welkom te heet. "Emma, dis nou 'n verassing!"

Emma voel hoe Diederik langs haar verstyf. Sy sien Madelein se oë vonkel toe sy na Diederik kyk. "Gaan jy my nie voorstel aan jou aantreklike vriend nie?"

Emma is teleurgesteld toe dit nie lyk of Madelein iets vermoed nie en Maryna die situasie verder versleg vir hulle. "Dit is James, my broer, en Emma se verloofde. Hierdie is my twee dogtertjies en ons gaan vir 'n rukkie oorsee kuier."

Emma sien verligting op Diederik se gesig. Hy groet vinnig en beur dan vorentoe terwyl hy sê: "Ek dink ons hou die ander mense op, kom ons gaan sit. Jy kan ons later voorstel." Hy druk Emma vorentoe.

* * *

Roger se oë soek gefrustreerd rond. "Al wat ons weet is dat ons 'n wit Nissan bakkie soek met vyf insittendes."

"Dis nou as hy nie intussen van motor verander het nie."

Hy slaan met sy handpalm teen sy voorkop. "Ek het nie eers daaraan gedink nie. Ek kan nie glo die vent stap in die kombuis en loop uit met Emma en die kinders nie! Emma se bene het sommer onder haar ingegee."

"En Henry?"

"Diederik het hom met 'n pistool teen sy kop gedwing om my vas te maak. Daarna moes Emma hom aan my vasmaak. Ek sal nooit die vrees in haar en die dogtertjies se oë vergeet nie."

"Ou maat, ek weet jy is altyd die een met die voorgevoel maar ek voel ons gaan hom hierdie keer kry. Hy is net te mak."

"Ek hoop jy is reg. Ek wou mal word toe hy met hulle daar uit is en ek net mooi niks kon doen nie. Genugtig Pieter, ek kan hulle nie verloor nie!"

"Ek hoor jou, my vriend, maar ons sal hulle kry!"

Roger kners op sy tande."Ek sal daai man met my kaal hande vermoor!" Toe Pieter bekommerd in sy rigting kyk sê hy vinnig. "Maar jy weet ek sal my inhou, so moenie *worry* nie. Wat het jy daar kom soek?"

"Dit moes seker Emma gewees het wat vir 'n wonderwerk gebid het. Die man wat die oudste dogtertjie na haar oupa gevat het was by my en wou 'n popskoen vir jou bring. Ek't gesê ek sal hom die huis gaan wys, want ek kon sien die meisietjie het 'n groot indruk op hom gemaak en ek moet erken, ek is al self vrek nuuskierig om vir Emma te ontmoet."

Roger grinnik. "Sy is regtig *amazing* en ek dink jy's reg, sy hou die Here sekerlik besig met haar gebede. Maar waar was Ben, ek't hom nie gesien nie?"

"Ek het lont geruik toe Henry nie by die hek is nie en gesê hy moet eers verder ry dan sal ek hom laat weet wanneer hy jou kan sien."

Roger se foon lui. "Hallo, ek kan nie mooi hoor nie. Kan jy net weer herhaal." Hy sit dit op luidspreker. "Madelein, het ek reg verstaan? Sê jy Emma-hulle is op 'n vliegtuig en julle vermoed daar's fout? Ons kom dadelik! Is daar enige manier wat julle die vliegtuig eers op die grond kan hou?"

Pieter draai die motor se neus dadelik lughawe toe en Roger laat weet die ander motors op die radio.

* * *

Diederik stoot Emma ongeduldig na haar sitplek toe. "Skuif tot teen die venster."

Sy kyk verskrik na hom. "Ek kan nie by die venster sit nie!"

"Ek dink nie jy het 'n keuse nie." Sy word hardhandig ingestoot en platgedruk. Haar gedagtes gaan na die vorige vlug en sy wens met haar hele hart dat dit Roger was wat hier langs haar gesit het. Haar hart klop onreëlmatig en dis net die wete dat die twee dogtertjies van haar afhanklik is wat haar die krag gee om nie moed op te gee nie. Sy probeer hard om haar asemhaling egalig te kry. Toe Maryna en die meisies verby kom en agter hulle inskuif, sien sy naakte vrees in die dogtertjies se oë. Hulle gaan sit en Emma draai na agter terwyl sy haarself nog kan beheer. Haar stem is sag terwyl sy na Maryna kyk. "Sal jy asseblief mooi na hulle kyk?"

Maryna knik. Emma glimlag vir die dogtertjies wat met groot oë na haar kyk. Sy draai terug in haar sitplek en konsentreer weer om haar asemhaling egalig te hou. Tussendeur bid sy aanmekaar. Dit voel later vir haar of tyd stilstaan, want daar gebeur niks. Sy kan nie onthou dat dit die vorige keer so lank gevat het vir die vliegtuig om op te styg nie. Die ander mense in die vliegtuig raak ook ongeduldig en sy hoor Diederik roep een van die lugwaardinne nader. "Wat gaan aan? Waarvoor wag ons? Moes ons nie al opgestyg het nie?"

Die lugwaardig glimlag vriendelik. "Meneer, die vlieënier is effens vertraag, ons wag net vir hom."

Emma wens dat hy glad nie opdaag nie. Een van die ander insittendes laat ongeduldig hoor. "Hoe onprofessioneel is dit? Selfs vlieëniers is nie meer betyds nie."

'n Klomp van die ander insittendes beaam dit heelhartig. Emma voel hoe die gewoonlik selfversekerde Diederik, begin rondskuif en dit gee haar moed. Sy loer na agter en Maryna knipoog vir haar. Emma se hart word warm maar sy is te bang om enige iets in die gebaar te lees. Sy kyk liefdevol na die twee dogertjies en is dankbaar dat hulle nog kalm bly. Toe Maryna haar arm oor Santjie laat gaan en haar hand op Mientjie se been sit, voel Emma tog rustiger. Iemand sê hulle sien die vlieënier is op pad en Diederik lyk dadelik weer in beheer. Hy sit sy hand om Emma se skouer en trek haar nader. Emma ril openlik en skuif onder sy arm uit.

Hy fluister by haar oor. "Ligloop, meisie, jy is een van die dae myne."

Emma gril en skuif nog verder weg van hom terwyl sy by die venster uit kyk. Haar oë val amper uit hulle kaste en sy knip dit vinnig om seker te maak sy sien reg. Mientjie se gil agter haar bevestig dat dit wel so is. Diederik vlieg om, maar voor hy nog iets vir haar kan sê, gil Santjie ook en klim bo-oor Maryna. Sy hardloop gillend tussen die rye deur. "Oom Roger! Oom Roger! Die nare oom het ons weer kom steel."

Emma sien hoe Diederik na sy pistool gryp, maar 'n ander polisieman wat van agter kom, is reeds by hom. Daar is vir hom geen wegkomkans nie. Hy laat woedend van hom hoor. "Geen tronk sal my binne hou nie, julle sotte!"

Die passasiers is vir 'n oomblik stomgeslaan, maar dan word verbaasde uitroepe gehoor. Roger vra dat almal moet kalm bly en hy verduidelik kortliks wat aan die gang is. Terwyl hulle vir Diederik na buite neem, skel die mense hom sover hy gaan. Emma se hart wil bars van dankbaarheid en liefde toe sy sien hoe Roger met Santjie in sy arms en Mientjie wat om sy lyf klou na haar soek. Hulle oë ontmoet en sy word warm van haar kleintoontjie tot by haar kroontjie. Sy hoor Mientjie sê, "Oom Roger, jy is baie slim. Hoe het jy geweet ons is op hierdie vliegtuig?"

Emma gaan na hulle toe en sy glimlag met haar hart in haar oë: "Ek wonder ook?"

Madelein en Maryna kom nader. Roger kyk dankbaar na hulle. "Nee, ons moet vir hierdie twee tannies vra hoe die boodskap by my uitgekom het, dis hulle wat so slim is."

Madelein glimlag. "My genade, dan is jy Roger? So julle het toe kontak gehou na julle laaste vlug? Ek het nie besef dis met jou wat ek gepraat het nie."

Emma kyk verbaas van die een na die ander. Roger antwoord. "Ja, ek het vermoed dit was jy, maar was ook nie doodseker nie."

Madelein knipoog vir Emma. "Maryna het, toe julle inkom, in my oor gefluister dat hier moeilikheid is. Ek het die polisie gebel en dit het geklink of hulle reeds iets vermoed. Dis toe ek by jou uitgekom het, Roger."

Emma voel asof sy in een of ander film speel, maar nie die teks mooi gelees het nie. Sy glimlag dankbaar vir Maryna wat ongemaklik lyk toe die aandag na haar verskuif. "Dankie Maryna. Roger, dit sal haar saak darem ook seker ligter maak?"

Roger kyk ook dankbaar na haar. "Beslis, daaraan twyfel ek nie."

Emma sien hoe Roger iets in die meisies se ore fluister en dan hou hy sy hand na haar uit. Sy gaan gewillig nader en kyk hoe hy op sy een knie afgaan sonder om haar hand te los. "Emma Gat van Sannieshof, sal jy nie asselbief met my, Gat Hartman van Jannieskroeg, trou nie?"

Die mense op die vliegtuig lag en klap hande en Emma sak laggend langs hom neer. Sy steek haar gesig in sy nek weg terwyl sy fluister: "Ja Roger, natuurlik sal ek."

Sy voel hoe Roger opstaan en haar ook optrek. "Ek weet nie of al die getuies hier op die vliegtuig jou antwoord gehoor het nie, Emma?"

Emma is bloedrooi. Almal wag doodstil om te hoor wat sy sê. "Ja Roger, op een voorwaarde dat Mientjie en Santjie by ons kan kom bly!"

'n Gejuig bars weer los. Mientjie spring op en af. Santjie verstaan nie mooi wat aangaan nie, maar as Mientjie bly is, is sy ook bly.

Roger antwoord hard. "Dit sou beslis my voorwaarde ook wees."

Emma bied geen weerstand toe Roger haar styf teen hom vastrek en innig soen nie. Hulle voel twee pare handjies aan hulle klere trek. Emma kyk glimlaggend af. "En toe? Wil julle graag by my en oom Roger kom bly?"

"Vir altyd? Kan ons regtig?"

Roger vryf oor hulle hare. "Ons gaan beslis ons bes probeer."

Pieter kom nader. "Hallo Emma, ek is Pieter. Baie geluk en baie dankie dat jy ja gesê het. Die man sal nou seker tot ruste kom."

Roger lag. "Beslis, ou vriend. Veral as daardie man agter tralies is!"

Pieter knik. "Ek het seker gemaak hy is geboei en op pad selle toe." Emma sien hoe hy na Maryna draai. "Sal jy asseblief saam met my kom, Maryna?"

Emma is innig dankbaar dat hy haar nie voor al die passsiers boei nie. Almal is van die vliegtuig af en Emma sien hoe Mientjie in Maryna se rigting mik. Sy roep na Pieter. "Pieter, net 'n oomblik. Ek dink Mientjie wil iets vir Maryna vra."

Sy stap saam met Mientjie tot by Maryna. "Tannie, het my ma iets vir tannie gesê voor sy dood is wat tannie vir my moet sê?"

Emma sien 'n sagte uitdrukking in Maryna se oë toe sy afbuk. "Ja, Mientjie, sy het gesê sy verstaan hoekom jy nie die laaste keer vir haar gaan kuier het nie en sy is baie lief vir jou. Sy was nooit kwaad vir jou nie."

Mientjie druk haar spontaan. "Dankie, Tannie."

Emma kry 'n knop in haar keel toe Maryna se oë blink. "Emma, ek weet vir die eerste keer in my lewe wat ek wil doen. Ek gaan vir Susan sê ek wil vir kindersielkunde inskryf."

"Dit sal fantasties wees! Wie sal beter weet wat kinders in moeilike omstandighede ervaar, as jy? Ek sal bid dat dit vir jou uitwerk."

Emma voel 'n sterk hand om hare vou. "En elke keer wanneer ek hiernatoe kom vir werk, kom jy saam en kan jy Maryna besoek."

Emma lyk of sy in pyn verkeer. "Jy bedoel dan vlieg ons hiernatoe? Gereeld?"

Roger lag. "Dan sal ek ten minste weet dat jy my soms uit jou eie gaan vasgryp asof jou lewe daarvan afhang en kan ek jou soen sonder enige teëstribbeling."

Emma frons. "Daarvan gepraat, wat het presies op daardie eerste vlug gebeur?"

Roger lag en trek haar nader. "Dalk vertel ek jou nog eendag."

Pieter maak keelskoon. "Daar is natuurlik 'n ander oplossing. Roger kan 'n oorplasing vra."

Emma leun met haar kop teen sy skouer. "Dit klink nie sleg nie, maar wat van my werk?"

Roger kyk geheimsinnig na haar. "Hier êrens in die stad is 'n ou tannie met die mooiste klein boekwinkeltjie. Ek dink ons moet by haar 'n draai gaan maak. Ek is seker sy kan doen met 'n assistent."

Hulle groet vir Maryna en Pieter. Emma se hart klop warm toe Roger haar hand vat en sy arm om Mientjie se skouers sit. Sy vat Santjie se hand en die vier stap soos 'n gesin terug motor toe.

Santjie gaan staan botstil. "Gaan ons dan nie meer vlieg nie?"

Mientjie begin eerste lag. "Nee, sussie. Ons moet nou blommemeisierokke gaan soek."

Emma en Roger kyk na mekaar en trek hulle skouers op terwyl hulle lag. Emma bied geen weerstand toe hy haar weer nader trek en soen nie. Toe hy klaar is sien sy hom vir die meisies knipoog. "Moenie van die bruid se rok vergeet nie! En daar is nog die tannie in die boekwinkel wat ons ook moet nooi."

"Jy het my nou baie nuuskierig oor die tannie, Roger."

Hy tik met sy vinger op haar neus."Ek dink sy is soos jou ouma, sy weet ook alles. En die kinders kort mos 'n ouma, dan nie. O ja, en 'n kat."

Emma knik tevrede en kyk op na bo. "*Sien jy nou ouma Bessie, my avontuur het toe beter uitgedraai as wat ek ooit voor kon hoop, al het ek die aarde verlaat. Ons moet net vertrou op die Een wat oral is!*"

www.ingramcontent.com/pod-product-compliance
Lightning Source LLC
LaVergne TN
LVHW091145080826
845145LV00008B/2267